*PRIX : **60** centimes.*

GRÉBAUVAL

LE
GABELOU

PARIS

ERNEST FLAMMARION, ÉDITEUR

26, rue Racine, 26.

LE GABELOU

ÉMILE COLIN — IMPRIMERIE DE LAGNY

ARMAND GRÉBAUVAL

LE GABELOU

PARIS

ERNEST FLAMMARION, EDITEUR

26, RUE RACINE, PRÈS L'ODÉON

A mes amis

LES GABELOUS DE PARIS,

Je dédis ce livre.

A. G.

LE GABELOU

I

AU FIL DE L'EAU

Peu à peu, le soleil monta, un soleil de février, frileux encore, mais déjà triomphalement clair.

— Brrou! fit le marinier, en descendant dans la barque d'où les deux rames pendaient, pareilles à des membres brisés, nous n'allons pas avoir chaud, sur la rivière.

En effet, par cette matinée encore hivernale, une bise soufflait, venant du Nord, à travers les arbres dénudés de l'entrepôt, et congelait, autour des piles du Pont-National, les pleurs des ruisseaux qui tombaient dans la Seine.

Le long des quais, presque point de passants, quoique huit heures vinssent de sonner au beffroi des Magasins Généraux, hors les murs, du côté où le soleil s'élevait.

Sur la rive gauche, des camions galopaient, secouant leurs chaînes, soulevés par le pavé rugueux comme par une houle. L'usine Popp fumait sous le ciel. Un train de marchandises, venant de Paris-Orléans, attendait qu'on lui ouvrît la voie de Ceinture, tranquille.

Sur la rive droite, de rares ouvriers, en majorité dans les vins, arrivaient de Charenton, pour gagner Bercy. Ils franchissaient vivement la barrière, derrière laquelle une queue de haquets interminable s'allongeait.

Le tramway, grosse machine jaune, venait de filer au trot, devant eux.

Entre les deux berges, le fleuve coulait, grisâtre, troublé par les eaux des torrents, par la fonte des neiges, par les pluies de la campagne.

De temps en temps, un sifflet déchirait l'air, un sifflet de chemin de fer, ou un sifflet d'usine, ou un sifflet de remorqueur.

Le marinier vida l'eau qui emplissait la quille du canot.

Il prenait ainsi son service, chaque matin, avec la même allure et le même ennui, depuis dix années qu'il appartenait au service de l'Octroi de Paris, division de l'Intérieur, poste de la patache d'amont.

Depuis ces dix années, combien il en avait vu

monter, descendre, des gribanes, des bélandres, de chalands, apportant ou emportant les marchandises, reliant en leur lente procession la ville colossale aux carrières, aux celliers, aux caves où s'emmagasinent les fûts, et aussi aux quais lointains d'où les pommes roses tombent par charretées au fond du bateau.

Louis s'était blasé au métier ; il n'éprouvait plus d'émotion à ramer, des journées entières, toujours sous l'ombre du pont excentrique, entre le ponton qui servait de corps de garde aux employés et les convois qui marchaient avec ou contre le courant.

Il enviait même les camarades, ceux qui stationnaient à terre ayant leurs chefs sans cesse sur le dos, lui qui leur échappait, au milieu de la Seine, égayée par les canotiers, les bateaux-omnibus et les pêcheurs à la ligne.

— Chienne d'existence ! bougonnait-il entre ses dents. On attrape des rhumatismes, les pieds mouillés, dans cette barque. Eh bien, j'aimerais pourtant mieux ça que de la vider ainsi. Brrou !

— Holà ! Louis, cria quelqu'un, tu n'as pas fini ?

— Voilà !

C'étaient ses compagnons de misère, les deux employés pour lesquels il peinait, les deux commis chargés de visiter, à l'entrée, les bateliers.

— Tu n'es pas gai, sais-tu ? fit le plus âgé.

— Bah ! répondit le plus jeune, tout le monde ne prend point la consigne aussi bien que toi. Tu es né gabelou, mon vieux. Lui, préférerait peut-être un ministère ou une sous-préfecture.

— Alors, qu'il demande son changement. Il nous embête, à la fin !

Louis avait terminé. Il releva la tête.

— Vous m'embêtez bien autrement, père Tribert. Si ça vous amuse de traîner, des heures, sur l'eau, pour gagner 180 francs par mois, ça vous regarde. Moi, je fais mon service. Le reste n'est pas votre affaire. Descendez-vous ? Voilà le toueur.

Il montra, venant du dehors, le remorqueur à chaîne, traînant derrière lui cinq chalands, ventrus, épais, enfoncés jusqu'aux épaules dans la rivière.

— C'est bien. A vous d'abord, Olivier. Je passe derrière.

Les deux gabelous prirent place dans la chaloupe.

— En avant !...

Les rames plongèrent, sous l'impulsion. La chaloupe s'éloigna du ponton, droit au courant.

— Belle journée, constata Tribert.

— Mais pas très chaude, observa Olivier.

— A votre âge, on a du sang. Moi, quand je suis entré à l'administration, j'aurais couché

en chemise sur le talus des fortifications. Ah !
les nouveaux ne nous valent point.

— Parce que nous réclamons des casquettes,
des vareuses, des pèlerines, n'est-ce pas ? C'est
le progrès.

— Vous avez raison, d'ailleurs. Tout aug-
mente, aujourd'hui, excepté nos appointements. Mais Louis serait porté à 12,000, comme
un régisseur, qu'il ne serait pas encore content.
C'est l'eau qui l'ennuie. Il n'a pas le pied marin, ce marinier. On ne trouve pas de marchands
de vin, sur la Seine.

La barque était maintenant au milieu du
fleuve, en plein soleil, baignée de ses rayons. Elle
attendait les chalands.

Le toueur arriva avec un tapage de fer-
raille.

— Ohé la patache !...

— Ohé !...

— Ça va ?

— Et vous !... Qu'est-ce que vous amenez ?

— Un peu de tout, et rien aussi.

— Il y a un bateau vide ?

— Le dernier.

— Bien !

La chaloupe se laissa glisser jusqu'au premier, où les employés montèrent vivement.

C'était un chargement de meulières. Ils le
constatèrent, leur tâche se bornant à cela. Les
droits sont perçus en effet plus loin, au port de

débarquement. A la barrière, on contrôle, on
n'encaisse pas.

Les employés redescendirent auprès de
Louis.

Il les conduisit ainsi, de bateau en bateau,
jusqu'à celui qui terminait le convoi, celui qui
était vide, une bélandre, fraîchement goudron-
née, faisant luire son astiquage, pontée et cou-
ronnée d'un mât, une de ces bélandres qui
constituent à la fois la fortune et le domicile du
bélandrier, et qu'on voit plus souvent sur les
canaux du nord de la France qu'arrimées aux
quais de Paris.

— Montez-y seul, dit Tribert, et percevez, s'il
y a lieu.

— Percevoir quoi?

— Sur les provisions du bord.

Mais une voix fraîche répondit de la proue,
où une maisonnette ouvrait ses volets verts :

— Ne vous dérangez pas, monsieur Léon.
Nous n'avons rien, rien de rien, entendez-
vous.

Et, sans laisser au commis Olivier le temps
d'escalader le bordage, une jolie fille, aux yeux
d'amande, coiffée de cheveux d'un noir presque
bleu, lui cria gaîment :

— Ce sera pour une autre fois.

II

.

LA « BELLE-ÉMILIE »

Le vieux Tribert était bienveillant aux gens
de la rivière qu'il aimait, lui, simple agent ambulant, autant que Louis, dont le devoir était de
vivre avec elle, la détestait.

Bien souvent il avait permis qu'une barque
pénétrât ainsi, sans être fouillée, dans la ville,
sur la simple déclaration de l'intéressé, s'excusant en songeant qu'elle serait examinée au
lieu d'attache.

Mais quand il vit celle-ci s'éloigner sous leur
nez, sans autre précaution, par la faute d'Olivier, il s'écria :

— C'est la *Belle-Émilie* que vous traitez
ainsi !...

— Oui, c'est la *Belle-Émilie*.

Le jeune employé la suivait des yeux, montrant sa large croupe au gouvernail immense,
car sur la barre la jolie brune était accoudée, le
visage souriant, le buste cambré, enveloppé de
rayons d'or.

Il lisait, comme dans un rêve, le nom de la
bélandre, inscrit en lettres bleues, sur fond
gris.

Il écoutait battre son cœur.

Tribert lui frappa sur l'épaule.

— Mon garçon, vous venez de commettre une bêtise.

Olivier sursauta :

— Pourquoi ?

— Vous avez laissé au moins cinquante litres d'alcool vous filer entre les doigts.

— Où ça ?

— Dans cette gueuse de gribane qui s'en va là-bas, devant vous.

— Celle du père Jean Pertane ?

— Vous le connaissez donc ?

Il hésita une seconde.

— Oh ! à peine, je l'ai rencontré dans le temps, pas ici, en province.

— Et la charmante Lucie avec ?

Olivier se sentit rougir.

Tribert continua :

— Et Mélanie Loisel par-dessus le marché.

Olivier se retourna vers son collègue, très étonné.

— De quelle Mélanie me parlez-vous là ?

— De celle qui est la patronne, depuis que Jean Pertane a cessé d'être, lui, le capitaine, maître à son bord.

Le jeune employé ne comprenait point.

— Jean Pertane s'est remarié ?

— Ou à peu près.

— Ah !

Il se tut.

Un monde de souvenirs lui venait maintenant, qui l'entraînait hors de la réalité, vers d'anciennes choses, douces et mélancoliques.

Tribert l'en arracha.

— Je ne vous en veux pas du reste autrement de votre complaisance ; c'était à moi de me méfier, et de grimper là-dessus. Louis, tu ne vois rien à l'horizon ?

Louis, sans bruit, lentement, avait remonté au Pont-National. Il s'y maintenait à présent, sous l'arche centrale, par de petits coups de rame. Entre temps, il avait allumé sa pipe, qu'il fumait, le front dans sa casquette, comme pour la cacher au brigadier du rivage.

Tribert et Olivier roulèrent une cigarette.

C'était le principal agrément de leur poste fluvial, que de pouvoir en griller ainsi, sans qu'un supérieur grognon s'en mêlât. On regardait en paix la petite fumée bleue monter vers le ciel d'azur, au-dessus de l'onde verte, durant les belles après-midi de printemps. Et des gabelous auraient pu devenir ainsi d'excellents poètes, si les contrôleurs n'avaient éprouvé, pour la langue de Victor Hugo et de Clovis Hugues, la même horreur que pour les meetings de la ligue de défense des intérêts du personnel de l'Octroi.

D'ailleurs, la poésie n'a pas toujours besoin

d'être fixée en vers de douze ou huit pieds pour
exister.

Léon Olivier, bien incapable d'aligner trois
alexandrins l'un sous l'autre, en faisait inconsciemment, comme M. Jourdain faisait de la
prose, rien qu'en songeant à des yeux noirs et
des cheveux d'ébène.

Il fallut qu'on le rappelât sur terre, quand
Louis l'y déposa, le temps de la faction terminé.

Tribert, comprenant sans doute les fai-
blesses humaines, et brave homme, au ré-
sumé, avait visité seul les chalands survenus
ensuite.

Il s'était contenté de dire au camarade trop
distrait :

— Vous me suppléerez un autre jour. Vous
n'êtes pas en train, ce matin. Vous laisseriez
voler la ville comme dans un bois, mon garçon.

Il ne lui reparla pas davantage de la *Belle-
Émilie*, ni de Jean Pertane, ni de Mélanie Loisot, ni même de la séduisante Lucie.

Puis, ayant eu mieux à faire, lorsque revint
le moment pour Olivier de monter dans la chaloupe de Louis, il l'y abandonna en compagnie
d'un autre commis.

Seulement, à la nuit tombante, ils se retrou-
vèrent ensemble, sur le ponton de la patache, à
suivre silencieusement un train de bois qui se
berçait sur les flots.

Le soleil se couchait, derrière Notre-Dame,

dans des nuages d'un rouge de cuivre. Les étoiles allaient bientôt paraître, autour de la lune, dont le croissant écornait le coteau de Charenton, le coteau coupé abrupt, en tranchée, afin de laisser circuler la ligne de Lyon. Des enfants jouaient sur la berge. Un bateau-express s'avançait vers la barrière, ouvrant de gros yeux orange, battant le courant de son hélice ainsi que d'une queue. La Seine s'endormait, troublée par le seul train de bois.

Sur les poutres liées en radeau, des hommes évoluaient, lestes, avec des perches très longues, qu'ils plongeaient dans le lit du fleuve.

Insensiblement, ils amenaient leur étrange navire vers le quai de la Gare, en pente, où on le désagrégerait demain, pour traîner avec des chevaux ce chargement jusque dans les chantiers voisins.

Le radeau finit par aborder.

Il se rangea.

Tribert prit, affectueux, le bras d'Olivier.

— A quoi songez-vous donc?

— A rien.

— Pardon, vous songez à certaine demoiselle qui vous a fait, tantôt, commettre une faute de service, et qui vous poussera, sans doute, plus tard, à plus d'une sottise.

— Vous exagérez.

— Pas du tout. Je connais la *Belle-Émilie*. C'est pour cela que je m'en méfie.

— Jean Pertane est un loyal batelier.

— Mais, Mélanie Loisot est une méchante bête.

Olivier s'emporta.

— Enfin, qu'est-ce que c'est que cette Mélanie, dont vous me parlez et que je n'ai vue de ma vie?

— Il y a donc longtemps que vous n'avez rencontré Pertane?

— Trois années.

— Eh bien, il y a du nouveau dans son ménage. L'héritière a une belle-mère, une femme mal notée, ayant roulé un peu partout, et c'est ce qui fera bien de vous mettre en méfiance.

— Une belle-mère?... Une tante, voulez-vous dire.

— Elle n'est que la nièce. Soit! C'est encore pis. En tout cas, la gaillarde vous mènera loin, si vous courez après la fillette.

Le jeune homme haussa les épaules.

— Je ne cours après personne, fit-il, puisque le bateau est parti je ne sais où, et que je suis ici, avec vous.

Tribert sourit, n'insista pas, et rentra dans la cabane du poste, tandis que Léon contemplait, dans les premières ténèbres, la Seine sombre qui coulait, qui allait vers le mouillage ignoré de la *Belle-Émilie*, entre deux lignes de becs de gaz clignotants.

III

FILS DE VEUVE

Il y avait, en effet, trois années qu'ils s'étaient rencontrés, Lucie et lui.

Trois années !...

Alors, il ne portait pas la tunique aux boutons d'argent, le képi rigide, le coupe-chou inutile des agents du service actif de l'octroi de Paris. C'était une épée-baïonnette sérieuse, l'aiguille à tricoter du Lebel, du fusil modèle 1886 qui battait ses mollets, les jours où il baguenaudait à travers les rues paisibles de sa garnison provinciale.

Enfant de Gonesse, élevé dans cette banlieue de la capitale qui vit comme sous le fluide de la grande cité, il n'avait pourtant pas récolté, ainsi que tant d'autres, l'expérience des choses et le scepticisme des gens, dont les faux paysans de Seine-et-Oise compliquent leur superficielle rusticité.

La mère d'Olivier, une bonne ménagère, l'avait élevé sagement, au prix d'un labeur quotidien, engagée chez les autres, travaillant sans relâche, forte, saine, honnête.

— Mon garçon, lui disait-elle souvent, quand

ton père mourut, j'avais un voisin qui ne demandait qu'à nous recueillir. Je n'ai pas voulu
que tu doives ton pain à une autre fatigue que
celle de mes bras. Tu ne m'en voudras point
plus tard.

Elle n'ajoutait pas que l'horreur de l'irrégularité lui était venue en voyant sa belle-sœur,
femme du frère de son mari, quitter un jour le
domicile conjugal, en compagnie d'un passant
quelconque.

Ç'avait été le scandale d'une quinzaine entière.

Puis le pauvre époux trompé était mort doucement de chagrin, tandis que la fugitive s'en-
gloutissait dans la capitale, pareille à ces objets
qui tombent en un gouffre, et qui n'en remon-
tent jamais.

De loin en loin, un habitant du bourg racontait qu'il avait rencontré la disparue sur un
boulevard, à des heures dangereuses, dans des
sociétés bizarres.

Mais elle ne revint pas au pays, où une
tombe marquait au cimetière le souvenir de son
équipée.

Léon grandit ainsi, ignorant même l'existence de cette parente maudite, qu'on lui cachait.

A l'âge où il aurait pu comprendre, par une
médisance, un cancan, une épithète, l'affaire,
très ancienne, avait été suivie de quelques au-

tres, du même genre, qui l'avaient fait oublier.

Il alla à l'école communale, y fut un élève studieux, remporta des succès qui payèrent largement les peines de maman.

Il quitta les bancs pour entrer dans une maison bourgeoise, chez un rentier, boutiquier retiré dans un chalet, au milieu de légumes, qu'il servit en qualité de cocher, jardinier, valet de chambre.

Il ne perdit sa place que pour partir au régiment.

Le jour où, tirant au sort, il aurait pu réclamer son exemption, en vertu de l'article 17, le fils de veuve devint orphelin.

Maman, usée par vingt ans d'une besogne acharnée, s'éteignit, en embrassant son Léon.

— Tu me reprocheras sans doute, lui dit-elle, de n'avoir pu vivre assez pour t'éviter la caserne. Il n'y a pas de ma faute, je te jure.

— Oh ! Que penses-tu là ?

— Rien. Le régiment n'est pas gai. Tes camarades te le diront.

— Mais tu vivras, tu vivras.

— Non. Je n'en puis plus. Je m'en vais.

Il lui ferma les yeux, à la nuit, seul, dans la chaumière où ils avaient vécu ensemble.

L'enterrement eut lieu le surlendemain.

Comme ils étaient pauvres, et comme on était très occupé aux champs, peu de monde suivit le

cercueil de la veuve Olivier, journalière, décé-
dée dans sa quarante-cinquième année.

Léon marchait en tête du triste cortège, pleu-
rant toutes les larmes de son corps.

Il reprit, aussitôt après, son service chez son
maître.

Toutefois, il n'avait plus de cœur à l'ouvrage,
lorsqu'il lui fallait, le dimanche, errer avec les
autres, du boulevard au cabaret, et passer devant la maison où il courait jadis vers la dé-
funte, dont le sourire l'attendait.

Elle était louée maintenant à un ménage,
fourmillait d'enfants roses, chantait au clair
soleil.

Les modestes meubles de la famille avaient
été emportés par lui, et rangés dans un grenier,
peu coûteux, car son salaire ne lui permettait
que de faibles dépenses.

Bref ! il se lassa vite d'une solitude à laquelle
se mêlait une douleur inguérissable.

Et, un beau jour, il demanda à partir pour la
caserne, en devançant l'appel.

Lorsqu'il quitta Concssc, il se jura de n'y
plus revenir.

— Je trouverai bien, à ma libération, le
moyen de gagner ailleurs ma vie. Le monde est
grand, et Paris n'est pas loin.

On l'incorpora à Saint-Quentin.

Là, il apprit à fréquenter la ville dans ce milieu d'ouvriers, d'ateliers, de manufactures, de

commerce, dont les cheminées noircissent l'horizon à des lieues de distance, où ronfle sans cesse le souffle des machines, des filatures, de l'industrie.

Il ne s'y plaisait point du reste; il avait la nostalgie du logis, dans les chambrées, et celle de la campagne, dans les rues poussiéreuses, noires de charbon, secouées par les camionnages.

Lorsqu'il essayait de retrouver, au delà des faubourgs, les espaces de son enfance, il ne les reconnaissait pas.

Aussi éprouva-t-il une joie, quand un ordre de la place détacha le bataillon à Péronne.

Il boucla gaîment son ceinturon, endossa le sac, et partit avec la musique, qui les abandonna au bout de quelques kilomètres.

— Est-ce une jolie ville? demanda-t-il au compagnon de droite, un parisien.

— Une ville embêtante.

— Y a-t-il des fabriques?

— Très peu.

— Ça me suffit.

Il trouva charmante la silencieuse sous-préfecture, campée derrière ses murailles, au milieu des marais de la Somme, au milieu des étangs larges comme une petite mer.

Il pleuvait cependant, au moment où la colonne franchit la porte de Flamicourt, arrivant par un chemin détourné au but du voyage.

Il pleuvait abominablement, sous un ciel terne, une eau qui transperçait les capotes.

La chaussée était boueuse.

Le paysage semblait lamentable.

Mais Léon n'y voyait pas de panaches de fumée, au-dessus des toits.

A la première belle après-midi, il se lança en explorateur au milieu de cette agglomération tranquille, où il finirait son temps.

Les autres préféraient les estaminets.

Lui réclamait de l'air.

Après une course d'une heure, il se trouva assez loin, au bout d'un faubourg, ayant franchi plusieurs ponts-levis, au bord du canal, sous de grands peupliers, que le vent faisait gémir, en un frémissement d'étoffes froissées.

Une bélandre était là, amarrée à un pieu, et une fillette, assise sur le pont, raccommodant du linge, leva les yeux vers le petit soldat.

C'était la *Belle-Émilie* qui remontait de Saint-Valery, avec un chargement de bois du Nord, gardé par Lucie Pertane.

IV

AU MOUILLAGE

Depuis un certain nombre d'années, la batellerie a bien diminué sur ce canal de la Somme.

l'un des plus beaux de France, au temps où ils
y étaient rares.

Comme elle a supplanté le roulage sur les
routes, la voie ferrée a discrédité, sur les che-
mins qui marchent, les transports par eau, pour
lesquels nos pères réservaient leur sympathie.

De l'Aisne à la Manche, on voit encore errer,
au pas silencieux des deux chevaux, de rares
gribanes qui semblent flâner.

Mais elles ne servent qu'aux industriels de la
région, aux scieries surtout, dont la matière
première arrive de Norvège, par goélettes, sans
grands frais.

En outre, la mer s'est montrée ingrate. Elle
a, lentement, entassé les sables à l'estuaire de
la rivière, si bien que l'accès de Saint-Valery,
port d'où Guillaume le Conquérant conduisait
autrefois ses pirates à la conquête de l'Angle-
terre, sera bientôt complètement fermé.

Il faut des capitaines sans souci, afin d'y conduire un navire à travers les bancs, au gré des
rares marées utilisables.

La *Belle-Emilie* arrivait de cette baie traî-
tresse, et elle en avait pour une quinzaine au
moins à demeurer au mouillage de La Chapelette, tandis qu'on débarquerait ses madriers.

Léon Olivier la contemplait de ce regard
tendre qu'on réserve aux objets qui entrent
dans notre vie.

La fillette avait repris sa besogne.

Il eut une envie folle de lui parler, de lui dire combien elle animait ce cadre, ces arbres berceurs, cette eau claire, cette journée gaie.

Il se contenta de s'asseoir sur le revers du sentier de halage, les pieds vers la berge, sans un mot.

La travailleuse continua de coudre, le guettant à travers ses cils, ses cils très longs, très noirs.

Elle demeura telle, jusqu'a ce qu'une voix d'homme, de l'intérieur du logement, l'appelât.

Léon sut, par ce moyen, qu'elle se nommait Lucie.

Il la laissa s'en aller, descendre dans la bélandre, et il trouva sur le bordage de celle-ci l'état civil du propriétaire : Jean Pertane, de Bergues (Nord).

Puis il regagna le quartier.

Le lendemain, un dimanche, il revint à La Chapelette, aguerri, résolu aux plus audacieuses tentatives.

Dans sa tunique numéro un, serré à la taille, ganté, il n'était pas trop emprunté, il ne ressemblait point au Dumanet des chansonnettes, aux longs doigts de filoselle, aux godillots énormes, qui se dandine derrière des nourrices classiques, d'un air pataud.

Ce n'était ni un niais, ni un emporté, mais simplement un timide, un tendre, fait pour les passions moyennes, très suffisant comme galant offert à la fille d'un batelier.

N'empêche que son cœur battait la générale, quand il atteignit le rivage.

Tout en venant, il avait préparé en lui-même de jolies phrases, afin d'aborder la personne, mais une complication l'embarrassait : le canal. On ne peut se causer ainsi, à trois mètres de distance, l'un de la terre, l'autre embarquée. Comment arranger cela ?

Le hasard, complaisant aux amours, s'en chargea.

Au moment où il se dirigeait vers la *Belle-Emilie*, il s'arrêta, ravi.

Lucie franchissait, légère, la poutrelle de sapin qui reliait le bateau à la berge.

Elle portait un panier sous son bras.

Elle avait retroussé sa jupe, ce qui découvrait une fine cheville, un pied nerveux et volontaire, chaussé de souliers presque fins.

Léon la vit venir devant lui.

— Mademoiselle, lui dit-il, vous allez en ville ?

Elle le fixa nettement, de ses grands yeux sombres, dans les yeux.

Elle le jugea sans doute à son gré, modeste, comme il faut, docile, malléable en un mot. Elle lui répondit :

— J'y vais.

— Voulez-vous me permettre de vous accompagner? J'y retourne précisément.

Cette fois, un rire sonna, franc.

— Vous en venez?

Il se sentit rougir.

Elle se fit indulgente.

— Peu m'importe, du reste; si cela vous_fait plaisir, suivez-moi. Il est grand jour, et une jeune fille n'est pas compromise par un militaire, dans un pays ou personne ne la connaît.

— Vous n'êtes pas d'ici?

— Non, du Nord.

— Vous venez pourtant souvent à Péronne.

— C'est la seconde fois.

— Vous y restez longtemps?

— Dix à douze jours.

— Ah!

Il réfléchissait, tandis qu'ils marchaient côte à côte, le long du faubourg de Paris, vers la ville.

Il reprit, ému :

— Vous y reviendrez?

— Peut-être. Cela dépend des clients. Mon oncle a une commande, et nous ferons bien trois ou quatre voyages. Après, je ne sais.

— Ce n'est pas gai de vivre ainsi, toujours en l'air.

— Pourquoi donc?... Mon bateau, c'est ma maison, une maison qui change de place. Nous voyons de la campagne, sans nous déranger de chez nous. J'ai une jolie chambre, des fleurs, des oiseaux et du travail ; cela me distrait.

Il risqua une question :

— Et vos parents ?

— Je n'ai que mon oncle, un veuf, qui m'a recueillie quand j'ai été orpheline. J'avais douze ans. Il y a cinq ans que nous sommes ensemble. Je suis ma maîtresse. C'est très agréable.

Il sut ainsi qu'elle avait dix-sept ans.

Puis, comme ils arrivaient sur la grande place, elle lui expliqua qu'elle venait faire ses provisions et qu'elle devait le quitter.

Il l'attendit.

— Vous me permettrez bien de porter votre panier, maintenant qu'il est plein et lourd ?

— En uniforme !... Vous n'y pensez pas. Non, vous êtes bien aimable, mais j'ai l'habitude. Laissez-le-moi.

— Vous me renvoyez, alors ?

— Si vous y tenez, revenons ensemble à La Chapelette, mais vous me quitterez avant le le port. Je ne veux pas que mon oncle vous voie ; il me ferait une scène.

Il hésita :

— Nous ne nous reverrons plus ensuite, demain ?

Elle eut un geste vague.

— Ou dimanche ?

Elle lui montra ses dents blanches.

— Vous avez l'air d'un brave garçon. Je consens. D'ailleurs, ce sera probablement la seule fois, puisque le bateau s'en ira bientôt. Vous m'attendrez à la porte, vers trois heures. Nous nous promènerons un peu, très peu. Ça vous va-t-il ?

— Oh! mademoiselle Lucie.

Elle s'étonna.

— Vous savez mon nom ?

— J'étais hier sur le chemin de halage, vous savez, lorsque votre oncle vous a réclamée. Moi, je m'appelle Léon, Léon Olivier... et je suis orphelin tout à fait.

— Comme ça se rencontre !

Et ils se séparèrent en se donnant une poignée de main.

Le dimanche suivant, on les aurait pu voir, bras dessus, bras dessous, causant gentiment, elle surtout, car lui avait la langue plutôt discrète.

Elle lui racontait ses histoires, et il ne les entendait point, satisfait simplement par cette voix sonnante, vibrante, séduisante.

La *Belle-Emilie* levait l'ancre le mercredi matin, au petit jour, afin de retourner à Saint-Valery ; mais Lucie n'en dit rien, de peur que Léon ne quittât la caserne, à l'heure du service, pour lui dire au revoir.

Aussi, quand le jeune homme arriva, le jeudi, au port de la Chapelette, il pâlit.

La bélande avait disparu.

Il s'assit de nouveau sur la berge, devant la rivière déserte, et le cœur gros à pleurer.

V

SA PAYSE

Le camarade avait tort ; Péronne n'est pas une ville plus ennuyeuse que les autres, pourvu qu'on sache y vivre.

Léon Olivier n'aurait pas demandé mieux que d'y créer ses habitudes, sans prétention ni parti pris, comme des troupiers qui, arrivés de méchante humeur, se pliaient peu à peu à leur nouvelle existence.

Si Saint-Quentin, cité de travail bruyant, réservait quelques distractions, l'ancienne ville picarde aux murailles centenaires, assise sur tant d'eau dormante et limpide, poissonneuse et profonde, valait encore mieux que plus d'un lieu où les hasards du recrutement auraient pu envoyer le bataillon.

Les Quinconces, promenade presque rurale, réservent aux rêveries des coins d'ombre où les baisers peuvent retentir à l'aise.

Le long des remparts, il y a des réduits

d'herbe épaisse, faits pour la causerie des couples.

Enfin, on y rencontre des estaminets aux allures familiales, qui ont aussi leur charme, bien supérieur à celui de certains cafés plus ou moins chantants, coqueluches des sous-offs, où la consommation, la musique, le service, sont également déplorables.

Léon, pourtant, se désespérait, quand la soupe le rendait libre, car le but manquait à ses soirées.

L'image de Lucie s'était gravée en lui, et elle le rendait très malheureux.

— C'est ta payse qui t'occupe? demandait parfois un voisin de lit, las de l'entendre se tourner, se retourner sur sa couche, à des heures où la chandelle est soufflée, et où ne passent plus les rondes.

— Je n'ai pas de payse, répondait-il.

Il mentait, hélas! Il en avait une. Mais la bizarre payse que la sienne, cette nièce de batelier, rencontrée, à des lieues de Gonesse, et qui était née vagabonde.

Une seule espérance le soutenait : la revoir.

Ne lui avait-elle pas raconté que la *Belle-Emilie* reviendrait, qu'elle était retenue pour plus d'un voyage, que la commande de bois durerait?

Il se décida à interroger, un soir, un éclusier, sur le canal, où il retournait quotidiennement.

— Il y a loin, d'ici à Saint-Valery ?

— Cela dépend. Par chemin de fer, on y va en quatre heures, et en changeant trois fois de train.

— Et par la Somme !

— En cinq ou six jours. Vous voulez vous y rendre en canot ?

— Non, merci ; c'est pour savoir.

Il calcula.

En comptant la durée de l'acheminement, celle de la remontée, la bélandre ne pouvait être à la Chapelette avant un mois.

Une bourrasque terrible, qui souffla sur le littoral, qui se répandit à travers la Picardie, rendit sans doute inabordable la baie, car cinq semaines s'écoulèrent, sans que le bateau du vieux Pertane parût.

La sixième allait finir, on était au vendredi, Léon perdait confiance, quand il vit, au loin, entre les peupliers, la *Belle-Emilie* s'avancer lentement, remorquée par un cheval gris pommelé, qu'un homme activait.

Oh! c'était bien elle!.. Il l'eût reconnue entre mille, fût-elle perdue parmi ses pareilles, dans un de ces bassins d'Anvers où elles s'entassent par centaines. Le vent venant de l'ouest, elle avait même dressé son mât, et une voile se gonflait, l'aidant.

Il eut alors une honte.

Se montrer si vite à Lucie, en amoureux transi... ne rirait-elle pas de sa constance ?

Il se cacha.

Il vit la jeune fille, debout, sur le pont, suivre la manœuvre que l'oncle dirigeait, grand gaillard, aux cheveux roux, aux reins solides, presque renversé sur le large gouvernail, car il fallait pousser l'embarcation vers la berge.

Il la vit, puis il rejoignit la caserne.

Cette fois, il s'endormit avec la chère vision auprès de lui, bien tranquille.

Le surlendemain, il ne quitta pas la Grand'-Place, sûr que Lucie y viendrait faire ses provisions.

Elle le rencontra, au sortir de la boutique de l'épicier.

— Tiens, monsieur Léon !...

— Lui-même. Vous voici revenue ?

— D'hier.

— Vous avez fait une bonne traversée ?

— Oui, nous avons dû seulement attendre le navire.

— Et vous ne vous êtes pas ennuyée ?

— Pas du tout. Et vous ?

— Moi, si !... J'ai pensé tout le temps à vous. C'est long, un mois et demi d'absence.

Elle s'en amusa.

— Vous avez bien eu des distractions, quelques-unes, à terre.

— Aucune, mademoiselle.

Il avait affirmé cela d'une voix nette, qui la toucha.

— C'est gentil. Seriez-vous sage ?

— Lorsque je tiens à une personne, je ne m'inquiète pas des autres.

— Vrai de vrai ?

— Je vous le jure.

Elle demeura silencieuse un instant, puis, plus douce :

— Vous avez tort de songer à moi.

— Pourquoi, s'il vous plaît ?

— Parce que je ne suis pas une connaissance agréable pour un militaire. Mon oncle n'aime guère la plaisanterie.

Il n'insista plus ; seulement, il l'accompagna de nouveau, et il obtint un rendez-vous pour le dimanche soir. C'était la fête du faubourg de Bretagne. On se reverrait, le père Pertane ayant promis de s'y rendre. Peut-être pourrait-on danser ensemble, s'il obtenait une permission.

— Je l'aurai, soyez-en sûre.

— Vous n'êtes donc pas un mauvais soldat ?

— Je n'ai été puni que trois fois, depuis que je suis au régiment.

— Vous aviez manqué l'appel ?

— Non, j'avais manqué au sergent.

Et il eut en effet la permission, la vraie, celle de minuit. Dès neuf heures, il se campait dans la salle de bal, une tente dressée sur la terre nue, avec des bancs tout autour, et une issue vers une salle de débit improvisée.

Il attendit Lucie jusqu'à dix heures.

3

L'oncle la suivait, encadré de deux hommes, des confrères sans doute. Dès qu'il eut invité Lucie, tous trois gagnèrent le cabaret, enchantés d'être libres. Alors, eux s'en donnèrent à cœur joie. Elle était légère comme une plume, entre ses bras. Lui, semblait moins déluré. Toutefois, y apportant beaucoup de bonne volonté, il ne fut pas trop ridicule.

Si même Lucie eût été Péronnaise, plus d'un galant aurait protesté contre cet accaparement. Mais on ne la connaissait point. Elle serait restée isolée, chacun cherchant sa chacune, à travers les groupes coutumiers. On ne prêta aucune attention à leur assiduité.

Puis, à mesure qu'ils s'enlaçaient, ils se confiaient l'un à l'autre. La causerie devenait tendrement honnête, alimentée par leurs souvenirs, leurs goûts, leurs désirs. Ils burent une bouteille de bière, pas davantage, car le père Pertane les aurait remarqués.

— Vous aimez le bal, monsieur Léon ?

— Avec vous, mademoiselle Lucie.

— Pourtant, à Gonesse, vous y êtes allé souvent.

— Fort peu, au contraire. Enfant, ma mère me couchait tôt. Ensuite, je devais rentrer chez mon maître. Dame, lorsqu'on est en service, on est obligé d'être à la maison.

— Cela ne vous déplaisait pas de vous soumettre ainsi ?

— Je préférais ça à m'engager pour les moissons, ou à être dans les fermes.

— Et vous recommencerez, en quittant le régiment?

— Non, je veux vivre à Paris. J'essaierai de trouver une place. Mon patron, qui reçoit le député, m'a promis sa protection.

— Ah ! vous irez à Paris !...

Une pensée la traversa, rapide, qui la rendit songeuse.

Il fallut se séparer bientôt. Minuit approchait. Justement le batelier se montra, très rouge, le regard fouillant la salle.

Furtivement, ils s'éloignèrent.

Sur la porte, elle lui tendit la main ; il risqua une requête :

— Me permettez-vous de vous embrasser, en bon ami, sur la joue ?

Elle la lui tendit. Ses lèvres se posèrent. Elle ne lui rendit point la caresse, et se sauva en lui disant :

— A dimanche !...

Alors, il se dirigea vers la caserne, ravi quoique déçu.

Dans la chambrée, le voisin s'exclama :

— Menteur. Tu m'affirmais que tu n'avais pas de payse. Je vous ai vus ensemble tout à l'heure, au faubourg de Bretagne. Vous vous la couliez douce.

Léon Olivier répliqua :

— Je suis libre, après tout.

L'autre eut une raillerie sur la langue, mais il la garda, se contentant de dire :

— Tu aurais dû au moins nous payer une tournée, à Larue et à moi ; nous avions soif, tant vous aviez chaud.

VI

BRAS DESSUS, BRAS DESSOUS

Ils se revirent, non seulement le dimanche, mais les jours de semaine.

Léon Olivier avait adopté définitivement la promenade vers la rivière, puisqu'elle le conduisait auprès de Lucie.

Lucie, de son côté, prenait l'habitude de cette visite quotidienne.

C'était pourtant une fille bizarre, aux instincts de sauvagerie, qui ne sentait en elle aucun des penchants de son âge.

En sa première confidence, elle avait dévoilé le fond de sa pensée.

— Je suis ma maîtresse, avait-elle dit.

Elle tenait à cette indépendance que lui assurait l'existence sur l'eau, en compagnie de l'oncle bourru, d'un « matelot », et d'un galopin de six ans, fils du précédent.

La *Belle-Emilie*, si elle l'isolait, lui épargnait les maintes misères auxquelles l'eût condamnée sa situation d'orpheline, sans un sou, recueillie par charité.

La cabine d'arrière était large, bien aérée, très gaie. Il y avait une salle à manger, une chambre pour le patron, la sienne. Certes, ceci était aménagé d'une façon primitive, l'espace manquant. Toutefois, ceci luisait du vernis des cloisons cirées, astiquées, surveillées, et plus d'une aurait souhaité, enfant du peuple, un tel nid, bien préférable à ces soupentes où, dans les villes, se cachent les grisettes.

La présence d'une femme ravissait maintenant Pertane ; ses vêtements étaient brossés, rangés, reprisés.

Il s'enchantait d'une nourriture régulière, apprêtée soigneusement, appétissante.

Il ne regrettait plus d'avoir, en une minute d'attendrissement, offert l'hospitalité à cette fille de son frère, demeurée sans défense.

D'ailleurs les parents avaient, petits métayers, laissé un humble mobilier, quelques écus, et cet héritage lui permit de payer sa bélandre, sur laquelle il devait encore deux versements.

Il l'avait achetée, au temps où il naviguait sur les canaux de Flandres, en compagnie d'une mauvaise barque qu'il traînait lui-même, le plus souvent.

Elle l'avait séduit, certaine après-midi,

comme il se trouvait de passage à Dunkerque,
venant de Furnes, dans le bassin de l'île Jeanty.

Le patrimoine de Lucie l'en constitua définitivement propriétaire.

C'était entre eux un lien, au moins aussi
étroit que celui du sang.

Voilà pourquoi il lui livrait la direction absolue de leur intérieur, sachant qu'elle le tenait
bien.

Voilà aussi pourquoi il veillait sur elle, craignant les galants, et jurait qu'il la marierait
gentiment.

Dans son esprit, il songeait à un de ses semblables qu'il rencontrerait au hasard des transports, un jeune homme grandi sur la rivière,
qui aurait un peu d'économies, qui conserverait
les traditions du métier, et auquel la *Belle-Emi-*
lie reviendrait en dot après sa propre mort.

Et comme Lucie n'avait que dix-sept ans,
comme elle n'était pas pressée, comme elle ne
courait point, il attendait l'occasion.

Partageait-elle ses espérances ?

Non, sans doute, puisqu'elle se rendait aux
rendez-vous de Léon.

Elle n'avait jamais voulu qu'il vînt la chercher jusque sur le port, seulement elle le rejoignait vite à l'heure convenue.

Ils errèrent ainsi, bras dessus, bras dessous,
à travers Péronne quelquefois, plus souvent le
long des fortifications, de ce mur ancien, aux

briques d'un rouge sombre, qui avait entendu
plus d'aveux tendres que de coups de canon.

— Vous n'êtes pas fatiguée? demandait-il,
quand ils arrivaient en un lieu bien tranquille,
d'où on ne les voyait plus.

— Pas encore, répondait-elle. Si vous désirez que nous nous reposions, je ne m'y oppose
pas.

Ils s'asseyaient alors dans l'herbe.

Ils causaient surtout.

Oh ! les charmantes flâneries !... Les oiseaux chantaient dans les arbres, un silence
planait sur la ville paisible, leurs cœurs bat-
taient.

Il aurait voulu interroger la jolie créature
sur ses plans d'avenir, lui expliquer au long
les siens, les mettre peut-être d'accord.

Elle l'arrêtait aussitôt :

— Vous n'avez pas besoin, expliquait-elle, de
me raconter vos affaires, puisque nous nous
séparerons bientôt. Pour le moment, votre société me plaît, vous me servez de cavalier, cela
suffit.

— Cependant, vous vous marierez.

— Je l'espère.

— Vous vous entendrez avant?

— C'est possible. Vous n'avez pas l'intention
de m'épouser, il me semble. Mon oncle refuserait. A quoi bon donc nous creuser la tête, avec
des intentions qui ne servent à rien?...

Hélas ! il n'osait insister, glacé par la vision
du vieux Pertane, de ce terrible tuteur qui détestait tous les jeunes gens étrangers à sa pro-
fession.

Il aurait pu, certainement, offrir de s'y livrer,
réclamer après son congé une place sur une
gribane quelconque, naviguer en un mot.

Il y pensa même un instant.

Il comprit que ça dérangerait trop son existence, et il abandonna cette combinaison.

Puis, Lucie aurait-elle consenti seulement à
le suivre, s'il s'était décidé?

Il le comprenait, elle voulait rester sage, se
marier avec un gentil garçon qui serait son
unique amant ; elle n'éprouvait auprès de lui
aucun sentiment malhonnête.

Il ne la pousserait jamais lui-même hors du
droit chemin.

Leur liaison était une aventure passagère, le
roman d'un hasard.

Demain, le départ du bateau, son licencie-
ment à lui, tout fermerait la porte sur cette
idylle inconsciente.

Il vivait néanmoins dans ce dangereux tête-
à-tête, comme s'il en devait sortir quelque
chose.

C'est ainsi qu'il l'aima tout à fait.

Elle aussi, d'ailleurs, éprouvait une inclination réelle pour ce jeune homme, seul sur terre,
si aimable, si respectueux, si simple, qui savait

posséder la poésie des âmes franches, qui ne
ressemblait pas aux autres, aux coureurs de
guilledou auxquels répugnait son caractère
entier avec leur façon d'attaquer une femme
ainsi qu'une domestique.

Certes, elle aurait volontiers encouragé ses
espérances, si elle n'avait jugé que cela le rendrait inutilement malheureux.

En attendant, elle continuait à lui refuser le
moindre baiser, quoiqu'elle s'en laissât prendre
un par-ci par-là.

La *Belle-Émilie* partait, puis revenait régulièrement, sans accroc. Ses absences duraient
de vingt-cinq à trente-cinq jours. Pendant ces
périodes, Léon était soutenu par la certitude du
retour.

Quand Lucie n'était pas là, il redevenait un
troupier consciencieux, discipliné.

Quand Lucie le rejoignait, il caroltait, veil-
lant toutefois à ne pas se mettre en faute
assez pour qu'une punition le privât de ses
sorties.

On les rencontra ensemble à Cléry, à Flamicourt, un peu partout aux environs de
Péronne, poursuivant leur intrigue parmi les
champs pleins de bleuets et de coquelicots.

Une fois même, elle s'attarda tellement, dans
une partie à Mont-Saint-Quentin, que l'oncle
soupçonna la vérité.

Il n'approfondit pas, se contentant de gronder

qu'il casserait les reins au moindre garnement
qui tournerait autour de sa nièce.

Septembre vint. Les feuilles commencèrent
à jaunir. Léon eut un pressentiment.

— Mademoiselle Lucie, dit-il, je vais partir
pour les manœuvres. Le bataillon rentre ensuite
à Saint-Quentin. Nous allons nous séparer. Nous
reverrons-nous ?

Elle poussait de son petit pied les pierres,
au bord de la route, dans l'enténèbrement
graduel du crépuscule.

Elle ne répondit pas mais le regarda fixement,
de ses yeux noirs, où sommeillait une flamme.

Puis, comme il avait l'air très triste, très
inquiet, très soumis, se haussant jusqu'à lui,
elle lui tendit silencieusement ses lèvres.

Pour la première fois, leurs bouches s'uni-
rent, longuement, délicieusement, tandis que
la lune montait à l'horizon, derrière les coteaux,
et jetait sa clarté de veilleuse, sa clarté d'argent, sur l'eau immobile des étangs.

VII

DOS A DOS

Le lendemain, dans la salle à manger de la
Belle-Emilie, Jean Pertane sirotait son café,
la pipe aux dents, la bouteille d'eau-de-vie à

portée de sa main, une main rude et rugueuse,
large et poilue, de travailleur manuel.

Lucie, desservant la table, emportait la
faïence dans le réduit qui lui servait de cuisine.
Elle était diligente. Le bonhomme la contempla
un instant, et, après l'avoir dévisagée comme
pour deviner son secret, il annonça :

— Nous démarrons jeudi.

— Je m'y attendais, fit-elle simplement. Le
bois est déchargé.

— Oui, mais sais-tu où nous allons?

— A Saint-Valery ?

— Non, en Bourgogne.

Elle pâlit.

Il continua :

— La scierie n'a pas de nouvelles commandes
à faire. Celle de Picquigny, à laquelle j'ai écrit,
m'a répondu qu'elle possédait des bateaux à
elle. Le commerce ne va plus, par ici. On m'a
même refusé du jute, pour Longpré. Il faut
bien chercher mieux ailleurs.

— Où en trouverez-vous ?

— On m'a promis du vin du côté de la Côte-
d'Or. On l'apporte à Paris, et on remporte les
futailles vides. C'est mal payé, mais ça l'est
toujours.

Paris, la Bourgogne, l'inconnu !... La jeune
fille ne pouvait mieux rêver, elle, la curieuse,
la vagabonde. Pourtant, elle éprouva un frisson
involontaire.

Etait-ce le chagrin de quitter un pays
familier, ces rives de la Somme qu'elle connaissait méandre par méandre, pont par pont,
écluse par écluse ?...

Etait-ce l'idée de s'éloigner pour longtemps,
pour jamais peut-être, de cette région du nord,
où elle avait vécu depuis sa naissance, et qui
lui permettait de revoir, quoique rarement, le
petit cimetière de Bergues, où dormaient les
siens ?

Ou bien la silhouette de Léon Olivier sur-
gissait-elle à son esprit, reprochant l'absence
sans doute éternelle, lui rappelant les heures
passées ensemble, les après-midi tranquilles,
les conversations qu'ils avaient eues, leur plato-
nique union dans la ville aux vieux toits ?...

La jeune fille aurait voulu démêler ses senti-
ments, comprendre, qu'elle n'y serait pas par-
venue.

Son oncle la guettait. Elle crut distinguer,
dans son vague sourire, une malice. Elle fit
contenance.

— Du moment, dit-elle, que votre intérêt est
de changer, vous avez raison.

Il s'écria :

— Mon intérêt est le tien aussi, fillette. Tu
sais que je songe à ton avenir. En Picardie, les
bateliers n'ont plus de pain. Il faut bien naviguer d'un autre côté, pour en trouver qui
gagnent leur vie. Je parie que tu te marieras

avec un Morvandiau ou un Champenois.

Elle se contenta de répondre :

— On ne sait pas. J'ai le temps.

L'allusion, certes, était directe. A quoi bon protester ?... Du reste, elle savait que le jeune soldat ne plairait jamais au bélandrier.

Cependant, la journée lui parut exceptionnellement longue, dans l'attente du rendez-vous.

Elle n'en avait plus que deux !...

Elle raconterait la chose, le soir même, à Léon, pour en finir.

Elle n'osa point.

Il avait l'air si mélancolique, si lamentable, si câlin aussi, qu'elle recula son chagrin de vingt-quatre heures, qu'elle retint l'aveu.

Ce fut lui qui le lui facilita alors.

Le départ du bataillon était fixé au vendredi. Il le lui apprit. Et, comme elle cherchait à le consoler, lui affirmant que la *Belle-Emilie* irait probablement à Saint-Quentin, un jour ou l'autre, il hocha la tête.

— Vous savez, mademoiselle, que je n'y serai plus. Mon congé est terminé. La classe va être renvoyée, aussitôt les manœuvres. Vous voyez que j'avais raison de vous dire que je ne vous reverrais point !

Elle lui prit le bras.

— Ne vous chagrinez pas. Il fallait que ça vînt. Moi-même je ne reviendrai à Péronne de sitôt.

— Vraiment ?

— Nous changeons de contrée. Mon oncle veut essayer d'une clientèle nouvelle. Nous nous dirigeons vers Paris.

Il eut une joie.

— Moi aussi.

Elle le désabusa.

— Oh ! nous n'y serons pas souvent. Nous ferons les vins.

Elle lui expliqua la combinaison.

A mesure qu'elle parlait, Léon s'assombrissait. Quand elle eut terminé, il lui demanda :

— Pour notre dernière rencontre, vous me permettrez bien de nous offrir de prendre quelque chose avec moi ?

— Soit !

Ils entrèrent dans un débit du faubourg, désert, où ils s'assirent devant deux verres.

Lui, les lèvres serrées, la paupière inquiète, l'enveloppait d'une affection muette.

Elle, le front penché, ses longs cils ombrageant ses yeux, paraissait s'intéresser énormément à la table do bois, zébrée de coups de couteau par les consommateurs.

Ils passèrent de la sorte une demi-heure, sans échanger un mot, absorbés chacun dans la pensée intime qui les occupait. Un gros chat sommeillait sur le poêle vide. Le soleil tournait lentement dans la salle. Leurs genoux seuls se touchaient, en une tiédeur agréable.

Il appela, sur un mouvement qu'elle fit, le cabaretier, régla les consommations, et ils sortirent.

Lorsqu'ils furent à la porte du dernier mur, près de La Chapelette, Léon Oliver lui saisit vivement le poignet.

— C'est donc vrai que nous nous quittons, mademoiselle !

— Soyez sûr que je n'y puis rien.

— Et vous m'oublierez ?

Elle rectifia.

— Qui vous a dit cela ?

Il lui enlaça la taille.

— Oh ! si vous vouliez ?...

Elle sourit.

— Vouloir quoi ?

— Vous vous souviendrez un peu de moi. Je me rappellerai, de mon côté. Nous nous écrirons.

Il avait risqué la proposition en tremblant.

Elle la repoussa.

— Ecrire, où ?... Je suis ici aujourd'hui, là demain. Puis, mon oncle se douterait. C'est inutile. Si le hasard nous rapproche, nous pourrons causer encore, à moins que ça ne vous fasse plus envie. Voilà tout.

— Le hasard ?...

— Dame, vous devez travailler à Paris, n'est-ce pas ?... La chance s'en mêlera peut-être. Maintenant, il est temps de m'en aller. Bonsoir,

Léon ne comprenait plus. Le corps de la jeune fille pressé contre le sien, il sentait en lui des chaleurs monter. Il l'embrassa sur les yeux, dans, le cou, follement, en pleine rue.

— Je vous en prie, supplia-t-elle, soyez convenable, laissez-moi. Vous perdez le sens commun. Oh ! Léon, c'est mal.

— Lucie !... Lucie !... Je vous aime, je vous aime !

Elle s'arracha à ses bras, lui baisa deux fois les joues, et s'enfuit.

— Si vous me suivez, je vous hais, cria-t-elle. Adieu.

— Au revoir !

Elle disparut, poursuivie par les baisers qu'il lui envoyait.

Une bonne femme, ahurie, le regardait, plantée sur la chaussée.

— Quand vous aurez fini ? dit-elle.

Il tourna les talons, vexé.

Le vendredi matin, le bataillon quitta Péronne, clairon sonnant, en tenue de campagne. Dans le rang, le soldat Olivier marchait, sans un regret. Mais, lorsque la colonne fut sortie des remparts, sa peine creva, et ce fut à travers un brouillard de larmes refoulées qu'il vit s'effacer la petite ville, au soleil levant, dans la brume qui planait sur la vallée.

VIII

TROIS ANS APRÈS

— Au revoir !... avait-il promis.

La destinée ne s'était guère montrée favorable à ce souhait, à ce serment, car Léon se jura de reprendre Lucie, de l'étreindre encore, d'unir en un mot leurs deux vies un instant côtoyées.

D'abord, ç'avaient été les grandes manœuvres.

Durant trois semaines, on les fit avancer, reculer, tirer, pivoter, à travers les terres labourées, sous un soleil de plomb, sans qu'ils y comprissent rien.

Dans sa compagnie, le jeune homme rencontra heureusement des réservistes aimables, qui garnirent un peu son porte-monnaie.

Comment en serait-il sorti sans cela, lui qui n'avait point un parent, point un ami, pour lui envoyer le mandat-poste indispensable en ces avatars ?

Puis il regagna Saint-Quentin, où on le congédia, aussi pauvre qu'à son arrivée, n'ayant rien que ses effets usés sur le dos.

Il retourna à Gonesse, heureusement reçu

par son ancien maître, qui lui avança quelques sous.

Du travail s'étant présenté dans les fermes, il se loua.

Le député, dont la protection lui devait ouvrir toutes les portes, se trouvait à Vichy, en famille ou autrement, jusqu'à la rentrée des Chambres.

Enfin il revint et donna, non seulement sa signature, mais encore l'assurance qu'il agirait directement. Ce fut lui qui conseilla à Léon Olivier de postuler à l'octroi.

— On y est sûr de son lendemain, on y a une retraite ; vous ne trouveriez pas mieux, sauf dans la police.

La police ? Ça, non !... Il eût plutôt mangé du pain sec et bu de l'eau toute sa vie que de faire ce vilain métier, que de gagner un salaire, en taquinant, pressurant, assommant même son prochain.

Différemment, il eût réengagé pour devenir gendarme.

En attendant, il fallait vivre, vivre à Paris, pour mieux surveiller le sort de sa demande.

Il choisit une chambre, dans une cité énorme, pleine d'enfants piaillards, sorte de caravansérail édifié par l'âpreté des propriétaires et pour l'étiolement de la population nécessiteuse, tout en haut de Charonne.

Un camarade lui apporta du pays le mobilier

maternel, profitant d'un voyage où il venait chercher des marchandises dans la capitale.

Il s'installa de son mieux.

Il eut même une véritable joie à retrouver ces objets de son enfance, l'armoire, le lit, la table, et la vieille glace devant laquelle maman avait peigné ses cheveux blancs. Seulement il n'en jouissait que la nuit, très tard, ayant trouvé un emploi pénible dans une fabrique, comme charretier.

Ainsi ballotté, il se souvint de Lucie, mais n'eut d'elle que l'impression diminuante d'une amie d'autrefois.

Le dur labeur le pliait.

Levé dès l'aube, il courait auprès de ses chevaux, les soignait, leur donnait l'avoine, les attelait, puis, en avant, à travers la ville immense !

On l'estimait d'ailleurs, parce qu'il était doux avec les bêtes et poli avec les clients.

Il ne buvait jamais.

Quand il longeait les quais, le canal, la Seine, il regardait les chalands d'un œil ému, avec l'espérance sourde de distinguer au milieu d'eux la *Belle-Émilie*.

Certes, il l'eût reconnue entre mille, rien qu'à sa cabine brune aux volets verts !...

Elle ne se montra point.

En ce moment, Jean Pertane chargeait pour les Magasins Généraux, pour Bercy parfois, et s'aventurait rarement au-dessous du pont d'Austerlitz.

Puis, bien des événements s'étaient produits à son bord.

Deux années s'écoulèrent. Un soir en rentrant, Léon trouva un pli chez le concierge, un pli jaune, à l'en-tête de la Préfecture de la Seine.

Il l'ouvrit d'une main tremblante.

Il était nommé !

Il allait être fonctionnaire !...

Il toucherait 1,400 francs, plus une indemnité de logement de 60 francs, plus des remises !...

Sa tranquillité était assurée.

Sans perdre une minute, il écrivit, de son écriture un peu rude, mais sans fautes d'orthographe, ayant conservé des souvenirs de l'école primaire, une lettre de remerciements au protecteur, son ancien patron.

Le lendemain, il s'habilla de son mieux, et se rendit chez le député. Celui-ci reçut ses hommages d'un air renfrogné, étant ennuyé par un article féroce paru, la veille, dans le journal d'arrondissement. Léon alla à l'administration, passa la visite du docteur, toucha l'habillement, signa la commission :

On lui dit :

— Vous prêterez serment, mercredi.

Il leva la main droite, devant le Christ, comme s'il jouait sa tête.

Et il prit le service.

— Division de l'intérieur. Les ports et pataches. Marchez droit !

Les ports et pataches !

Oh ! cette fois, l'image de Lucie se présenta nettement, l'image aimée, plus vivante, plus attirante que le jour où il avait quitté Péronne.

Le hasard, le fameux hasard n'avait pas trompé son désir.

Quand il se présenta au contrôleur, quand il l'eût envoyé au Pont-National, il lui sembla que la bélandre allait venir sous ses yeux, dès cette matinée, par la belle rivière aux flots verts, aux plaques d'argent.

Elle ne vint pas.

Durant une année, il compta sur elle obstinément.

Elle trompa son attente.

Du reste, on le détacha, tout un semestre, au pont de Grenelle, où ne se présentaient jamais les barques de cette espèce.

Il fallut qu'il retournât en amont pour que la bélandre se montrât enfin, derrière le toueur, tout au bout d'une file d'autres.

Qu'est-ce que Tribert lui avait donc raconté sur la *Belle-Emilie*?

Comment avait-on pu lui dire que Lucie le conduirait loin ?

Lorsqu'il se trouva de repos, rendu chez lui, il voulut recueillir, rassembler ses impressions.

Tout dansa en son pauvre cerveau.

Il ne revoyait que Péronne, les remparts, la vallée aux mares immenses, et la tente du faubourg de Bretagne, et l'estaminet où ils avaient passé leur dernière rencontre.

Lucie dangereuse, Lucie perverse, changée, non, c'était impossible, ce Tribert avait confondu.

Et de quelle Mélanie Loisot lui avait-il parlé ?

Il connaissait bien la famille du gribanier ; il n'avait pas entendu ce nom-là, jamais, certainement.

Est-ce que la jeune fille ne lui racontait pas qu'elle était maîtresse absolue, sous le contrôle de son oncle, dans la bélandre ?

Quant à prendre le bonhomme pour un fraudeur, il n'y fallait pas songer. Maniaque, sévère, grognon, mais honnête, il le savait mieux que personne.

Enfin, il avait retrouvé l'absente, et rien ne prévalait contre cet essentiel bonheur.

Maintenant qu'il la savait à Paris, il lui suffirait d'interroger habilement les camarades pour connaître le port d'attache de la *Belle-Emilie*.

Lorsqu'il reprit, son repos fini, le chemin de la patache, il avait l'âme légère, dans son uniforme aux boutons astiqués, et son sabre battait gaiement sur sa cuisse.

Le sous-brigadier l'accueillit d'un air renfrogné.

— Ah! vous voilà, vous!...

Il s'étonna.

— Qu'y a-t-il donc, sous-chef?

— Il y a qu'avant-hier vous n'avez pas visité une péniche qui entrait, et qu'un employé du contrôle vous a signalé.

Olivier devint tout pâle.

Le supérieur conclut.

— Vous n'avez rien pour cette fois, mais vous ferez bien de ne pas recommencer. Vous comprenez, il s'agissait de la *Belle-Emilie*.

Le jeune homme était si troublé qu'il demeura immobile, stupide, sans s'excuser, sans un mot, le cœur serré et les bras ballants.

IX

LE SERVICE DE TRIBERT

Alors, c'était entendu, il y avait quelque chose.

Du coup, son esprit travailla. Il voulut savoir. Mais il sentit que sa timidité ne lui permettrait jamais, hélas! d'interroger.

Puis, était-ce la prescience?

Le mari qu'un mot maladroit met en éveil,

l'amoureux qu'un indice arrache à sa quiétude, tous ceux qui aiment, forts ou craintifs, auda- cieux ou hésitants, sont logés à cette enseigne.

Le besoin de la vérité les torture, mais un instinct leur dit que l'ignorance vaut parfois encore mieux.

Léon Olivier descendit dans le canot de Louis, en compagnie de Tribert. Il vit le sort l'isoler avec le camarade qui lui avait glissé le premier doute. Cependant il se tut.

Tribert, d'ailleurs, était morose, et il guettait en dessous son collègue, lui qui se ragaillar- dissait, dès qu'une poussée de rames l'avait écarté du rivage.

Le jeune homme éprouva même un senti- ment de compassion pour cet ancien. Il avait dû lui causer quelque ennui. N'aurait-il pas le courage de s'en apercevoir ?... Il se fit une vo- lonté.

Un vapeur venait de franchir la barrière, un porteur propulsé bruyamment par deux roues d'arrière.

Le compagnon était monté sur lo pont, seul, sans desserrer les dents.

Léon se décida.

— Vous avez une rancune contre moi, mon- sieur Tribert? demanda-t-il.

Bourru, l'autre répondit :

— Je n'en ai contre personne, excepté moi.

Olivier comprit. Ses lèvres se pincèrent sur

la question. Il les ouvrit pourtant et, d'une voix mal assurée :

— C'est ma négligence d'avant-hier ?...

Tribert haussa les épaules.

— Qui vous fait croire cela ?

— Le sous-chef m'a savonné.

— Ah !

— Dame, j'aurais dû visiter la gribane, comme c'est l'habitude. On n'est pas au service pour faire des passe-droits à ceux qu'on connaît. Une autre fois, je ne recommencerai plus. Vous avez reçu un suif aussi ?

— Je ne m'en plains point. J'étais prévenu.

— Une réprimande ?

— Une mise à pied.

— Oh !

Le jeune commis sursauta. Une mise à pied, bigre !... Décidément, cela était grave.

Tribert continua :

— Oui, une mise à pied de vingt-quatre heures. Ces animaux de la brigade des mouchards étaient embusqués sur le pont. Vous vous en êtes tiré, parce que vous avez de bonnes notes ; moi, ils ne m'ont pas raté. Les rossards !...

Il cracha violemment dans la rivière, puis :

— Comme c'est malin ?... Pour un oubli, un simple oubli, vous supprimer votre argent, et vous faire travailler tout de même. On devrait bien éplucher l'administration centrale, au lieu d'être toujours sur notre dos. Ça serait du propre, qu'on y trouverait.

Le brave employé qui récriminait volontiers contre l'impatience des nouveaux, des révolutionnaires du métier, du fond de sa philosophie d'habitué, éclatait en phrases séditieuses, maintenant qu'il était atteint.

Le directeur, les régisseurs, les inspecteurs, les contrôleurs, tout cela ne valait pas la corde qu'ils serraient au cou des petits, des humbles, de ceux qu'on envoyait attraper des pleurésies ou des insolations, sans même leur supporter une vétille.

Triste, triste sort !...

Étonné de l'explosion, Louis contemplait le protestataire, une satisfaction empreinte sur ses traits. Il laissait les rames flotter. Les yeux souriaient.

En cet instant une équipe de canotiers arriva, dans un emballement, les reins nerveux, les bras unanimes, enlevant la barque de ses huit avirons.

Tribert se dressa.

— Holà ! les autres !... Vous moquez-vous de nous ? Et l'octroi ?...

— Rien à réclamer, clama le barreur.

— Stoppez d'abord. Nous verrons après.

Il fallut que l'esquif s'arrêtât, subît la visite. L'employé, féroce, fit lever les jambes nues, renifla les filets à provision, secoua les vêtements. Il ne se calma que lorsqu'il eut dûment constaté que les litres étaient vides et les verres sales.

Les canotiers bougonnaient, interrompus dans leur course, refroidis par un vent coulis, mécontents de l'exigence.

— Quand donc vous supprimera-t-on, tas de gabelous? fit l'un.

— Oui, quand? répliquèrent les autres.

— Bon, dit Tribert, soyez convenable ou je prends votre nom et je dresse un rapport. Louis, laisse courir.

Les canotiers s'éloignèrent.

Léon avait suivi la scène avec surprise.

— Vous devez décidément m'en vouloir? insista-t-il.

— Pas le moins du monde, puisque je suis l'aîné. C'était mon devoir. Je ne me plains point. Seulement que Pertane ne tombe jamais sous ma main : il payera double, le gueux!

Le jeune homme pâlit comme à la semonce du sous-brigadier. Un frisson le traversa. Tribert se radoucit aussitôt, peiné.

— Décidément, questionna-t-il, vous êtes amoureux de la petite?

Il fit « oui ».

— Très amoureux?

— Autant, je crois, qu'on peut l'être.

— Depuis longtemps?

— Je vous l'ai déjà raconté : depuis trois ans.

Nous nous promenions, nous causions, nous dansions ensemble. J'étais en garnison, alors.

— Elle est jolie. Ça ne devait pas être embêtant, avec elle.

Il rougit :

— Vous vous trompez, monsieur Tribert. Il n'y a rien eu.

— Sans blague?

— Lucie est honnête.

— C'était pour le bon motif?

— Pas même. Son oncle ne voulait rien entendre. Elle le savait. Cela m'a fait beaucoup de chagrin. Mais j'étais si heureux, dans sa société, que je n'en demandais pas davantage. Nous nous sommes promis de ne pas nous oublier. Vous comprenez l'effet que ça m'a causé, de la revoir, et combien j'ai été troublé.

Tribert hochait la tête, apitoyé.

— Je ne suis point riche, tenez. Eh bien, je donnerais cent francs, cent cinquante, mon mois tout entier, pour savoir où est en ce moment la *Belle-Emilie.*

Tribert baissa le nez.

— Vous ne le sauriez pas, vous, par hasard?

— Cela se pourrait; mais, si je vous le dis, vous commettrez quelque sottise, j'en suis sûr.

Olivier sentit refluer à son cœur tout le sang de ses veines. Il supplia :

— Dites, dites-le-moi!

Tribert réfléchit une seconde.

— Vous me promettez qu'avant de fréquenter la charmante Lucie, vous vous renseignerez?

— Sur qui?... Sur elle?...

— Sur l'oncle surtout, et sur Mélanie Loisot?...

— Cette Mélanie, je n'en ai entendu parler que par vous. Je ne sais ce qu'il en est. Je m'en occuperai certainement.

— Allons, je vois qu'il n'y a rien à faire. Vous êtes emballé. Autant vous renseigner tout de suite, car vous les découvririez toujours. Seulement, mon camarade, vous ne me le reprocherez pas un jour, hein?

— Je vous en remercierai toute ma vie.

— La *Belle-Émilie* est au quai de l'Hôtel-de-Ville, ou plus exactement au bas-port Saint-Paul. Elle y restera au moins une huitaine.

— Elle ne fait plus les vins?

— Elle fait la fraude.

— Enfin, qu'est-ce qu'elle transporte?

— Des meulières. Elle les prend du côté de Draveil, d'Étiolles, je ne sais où au juste, dans la banlieue. Elle va passer souvent ici. Le reste me regarde.

— Mais j'aurais dû la voir déjà.

— Elle a été plusieurs mois absente, heureusement.

Léon prit les mains de Tribert et, les pressant :

— Merci, merci mille fois. Vous n'avez qu'à
me demander un service. C'est à votre disposition.

Le vieux gabelou détourna les yeux et murmura :

— C'en est pourtant pas un que je vous ai
rendu, allez. Des services comme ça, j'en sou-
haiterais à mon pire ennemi. Les Pertane vous
porteront malheur.

Il ajouta, tout bas :

— Quand on aime une coquine, on finit toujours mal.

X

LE BAS-PORT SAINT-PAUL

Le bas-port Saint-Paul est un coin bien pro-
vincial, le long des berges de la Seine, entre le
quai des Célestins et celui de l'Hôtel-de-Ville,
entre le pont Sully et le pont Louis-Philippe.

Il se trouve à droite, sur le bras droit du
fleuve, en face de l'île Saint-Louis aux rues paisibles, aux hôtels sévères, au clocher à jour.

La navigation ne le trouble pas, s'opérant de
l'autre côté, par le bras gauche, jusqu'au chevet
de Notre-Dame, où elle change et passe entre

la Cité et l'ancienne Grève, aujourd'hui place superbe aux palais orgueilleux.

Léon Olivier, Parisien d'occasion, mal instruit sur la topographie de la capitale, en ignorait même l'existence, n'ayant jamais eu l'occasion de rôder par là, au temps où il était charretier.

Il ne demanda point de renseignements à Tribert.

Il lui suffisait d'avoir arraché au camarade le secret essentiel, celui du lieu d'attache où la *Belle-Émilie* se cachait.

Il évita même de relever la phrase blessante dont la confidence avait été accompagnée, car il commençait à se creuser la cervelle en songeant à ce parti pris de dénigrer la famille du bélandrier.

Décidément, il y avait sous ces allusions un mystère.

Il l'éclaircirait.

Tribert n'était point une mauvaise langue. Plutôt bavard, il n'attaquait pas les gens dans ses conversations. Il fallait qu'on eût calomnié les Pertane, ou qu'une aventure les eût changés, pour qu'il en médît de la sorte.

Quant à cette Mélanie Loisot, dont on lui jetait sans cesse le nom au nez, il en aurait le cœur net, il saurait qui elle était, il se prémunirait.

Justement, il avait sa liberté un jour sur

deux. Il passerait au port dès le lendemain.

Seulement, lorsqu'il se trouva chez lui, dans sa chambrette, les hésitations le reprirent, et il craignit de se présenter en plein soleil devant la bien-aimée.

— J'irai après déjeuner, pensa-t-il.

Il déjeuna donc, ou du moins il essaya. Ses soucis lui coupaient l'appétit, lui serraient la gorge, lui fermaient l'estomac, le laissaient désarmé devant la servante de Milard, son marchand de vins, une fille aux fortes hanches qui l'agaçait d'une cour assidue, depuis qu'il appartenait à l'administration.

Simple bonne, aux gages insuffisants, elle avait éprouvé une envie d'accaparer ce jeune homme, si discret, si régulier, et qui avait une position.

— Catherine, lui disait-il, servez-moi ceci, ou cela.

Et il ne la brusquait jamais, comme les autres clients. Il ne lui pinçait même pas la taille, entre des tables. Elle ne lui savait aucune liaison. Pourquoi n'aurait-il pas songé à elle?

En le voyant rêveur, muet, sans goût pour les plats, elle crut devoir s'intéresser.

— Vous êtes malade, monsieur Olivier?

— Non.

— Vous ne touchez pas à votre assiette?

— C'est que je n'ai plus faim.

— Vous avez mauvaise mine.

— C'est que je suis fatigué.

— Votre métier est éreintant, hein ?

— Moins que le vôtre.

— Dame, je dors au moins toutes les nuits dans mon lit, moi, et je ne trouve pas que je sois malheureuse.

— Tant mieux. Dites-moi ce que je dois.

Elle prit une ardoise, additionna, perçut l'argent, et :

— Vous désirez du café ?

— Merci. Pas aujourd'hui. Ça m'énerverait.

Il l'était, en effet, assez. Des frémissements passaient sous sa peau. Un besoin de grand air lui venait.

Il regagna son logis, sortit ses vêtements civils, se passa de l'eau sur le visage, et se regarda devant la glace, la vieille glace de maman.

Il se vit très pâle.

— Du courage, murmura-t-il, mécontent de lui-même.

Il sortit.

Il était pourtant trop tôt encore à son gré pour se rendre au port Saint-Paul. Il choisit un chemin détourné, par les boulevards extérieurs, jusqu'à la Villette. Là, il redescendit la Bastille, en longeant le canal.

Tout en marchant, il regardait le courant paresser, d'écluse en écluse, et les débardeurs, et les bateaux.

Il s'arrêta au faubourg du Temple, long-temps, accoudé au parapet du pont, en contemplation devant les doubles portes, écoutant bruire l'eau en cascade, bousculé par les passants, étourdi.

La *Belle-Emilie* avait dû franchir plus d'une fois ce détroit, s'élevant ou s'abaissant dans le bief, allant vers le Miai ou retournant vers le Nord, comme à Péronne.

Une horloge sonna quatre heures.

Il s'éloigna.

Il continua, par le boulevard Richard-Lenoir, jusqu'au bassin de l'Arsenal.

Là, il avisa un sergent de ville.

— Le port Saint-Paul, s'il vous plaît?

L'agent n'était pas très certain de ses souvenirs. Il consulta un carnet. Il indiqua la route.

— Vous prendrez le boulevard Henri IV, et vous tournerez une fois au pont.

Léon arriva, comme le crépuscule venait, sur un quai désert, traversé seulement par le tramway de Vincennes. Des galopins jouaient, encombrant un trottoir surélevé, planté d'arbres. La Seine coulait au-dessous, doucement.

On accédait à la berge par deux escaliers, descendant le long d'un petit édifice où flottait un drapeau, un poste de police.

Il fouilla la rivière.

Trois ou quatre gribanes sommeillaient, mais il ne les reconnaissait point.

Il avança de quelques mètres.

Cette fois, une émotion lui coupa les jambes.

Allongée contre la berge, la *Belle-Emilie* apparaissait, telle qu'il se la rappelait, telle qu'il l'avait revue, ouvrant ses larges flancs, étalant sa chair brune, avec la maisonnette aux volets familiers.

Mais personne ne s'y montrait sur le pont, ni à l'avant, ni à l'arrière.

Elle était silencieuse et vide, sous les rayons couchants, comme un monstre marin échoué.

Le jeune homme se planta les coudes à la pierre, le menton dans les mains, incapable de faire un pas, absorbé en apparence par le spectacle de la banquette étroite où, en face, dans l'île Saint-Louis, un groupe d'une dizaine de badauds jouissaient de la baignade d'un chien.

Il ne voyait cependant rien, pas même le bateau, occupé à sa rêverie.

Le soir arriva de la sorte, et les réverbères s'allumèrent sur la rive opposée, veilleuses rangées comme pour une illumination. Un homme sortit de la bélandre, dans lequel il retrouva la silhouette de Jean Perlane, mais un Perlane au pas hésitant, aux épaules remontées, se dandinant. Il alla s'asseoir sur la barre du gouvernail, et se mit à fumer.

Léon songea à descendre vers la berge; il pensa que cela le ferait remarquer de l'oncle terrible.

Il patienta encore.

Enfin, comme la nuit était tout à fait tombée, il se dirigea vers l'escalier.

Au moment où il y arrivait, une femme se présenta, face à lui.

— Lucie! s'écria-t-il.

— Léon!...

— Oh! quelle chance de vous rencontrer! J'allais me placer en faction devant votre barque.

Elle avait eu un mouvement pour s'avancer; elle s'était retenue.

— Je vous en prie, quittez-moi, supplia-t-elle. On me suit.

Elle fit mine de s'enfuir. Il lui empoigna le bras, décidé maintenant à la garder.

— Qui donc vous suit?

— Une femme que vous ne connaissez pas, et qui me surveille.

— Mélanie Loisot?

— Vous savez?...

— Je ne sais rien; je veux savoir.

Elle lui saisit la main.

— Eh bien, demain, attendez-moi rue des Nonains-d'Hyères, au coin de la rue Saint-Antoine, à cinq heures.

— Demain, c'est impossible.

— Après-demain, alors.

— Soit, j'y serai. Seulement, je vous préviens, soyez-y, ou je vous poursuis jusque chez vous. Je ne vous lâche plus, désormais. J'ai trop souffert.

— Vous m'aimez donc toujours?

— Plus que jamais.

La physionomie de la jeune fille s'éclaira. Elle sourit.

— Dans ce cas, je tiendrai ma promesse, pourvu que vous m'obéissiez. Bonsoir, je me sauve.

Il la laissa partir, la suivant des yeux.

Sur la berge, une femme la rejoignit, dont il entendit la voix dure :

— A qui causiez-vous là-haut? demandait-elle.

La jeune fille répondit :

— A un monsieur qui m'ennuyait et que j'ai envoyé promener.

Et elles se dirigèrent vers la passerelle de la *Belle-Emilie*, où elles disparurent.

XI

UN MARIAGE

Ce n'est pas à cinq, mais à quatre heures, que Léon Olivier se trouva, rue des Nonains-d'Hyères, au coin de la rue Saint-Antoine.

Arrivé ainsi en avance, il se mit à arpenter le trottoir, en flâneur, le nez au vent, comme lorsqu'on tient à tuer le temps.

D'ailleurs, dans cette voie du vieux Paris, traversée seulement par de rares passants, les distractions manquaient.

Il fut obligé de s'intéresser à des boutiques sombres, mal achalandées, et de consulter sa montre inutilement, toutes les cinq minutes.

C'est le supplice des gens qui attendent.

Il est connu, mais il demeure inévitable.

Quelques femmes, qui voulurent être remarquées du jeune homme, perdirent leur sourire, car il ne les vit même pas.

Une seule le préoccupait.

Il l'aperçut enfin !...

Enveloppée dans une sorte de manteau-caoutchouc aux amples plis, la tête coiffée d'un fichu de laine qu'elle avait rabattu sur ses yeux, Lucie Pertane marchait très vite, rasant les maisons.

Il s'avança, gai, les mains tendues.

Elle se retourna et fouilla la rue du regard, comme dans la crainte d'un espion; puis elle prit son bras, vivement.

— Vous êtes là depuis longtemps? demanda-t-elle.

— Peu importe.

— Je croyais ne pas être en retard.

— Vous n'y êtes point.

— C'est que j'ai dû trouver un prétexte.

Elle l'entraînait vers l'Hôtel de Ville, vers la rue de Rivoli.

Il remarqua qu'elle était fiévreuse et affectait de les mêler à la foule qui s'empressait.

— Qu'avez-vous donc? fit-il.

Une rougeur lui envahit les pommettes des joues, puis :

— Je n'ai rien. Seulement, si vous vouliez, nous entrerions quelque part. On causerait plus librement.

Il pensa du coup qu'elle était bien timorée vraiment, dans ce grand Paris où on se perd, elle qui se gênait si peu autrefois, à Péronne, en cette ville où un couple est examiné comme une curiosité par toutes les commères. Cela n'était décidément pas naturel! Il en aurait bientôt le cœur net.

Ils choisirent un marchand de vins quelconque, avec une arrière-boutique qu'une cloison, surmontée de carreaux dépolis, isolait de la salle commune.

Ils se cachèrent là et s'assirent.

Alors elle écarta le manteau, ouvrit le fichu, se montra.

L'avant-veille, il l'avait vue à peine, dans l'obscurité. Il s'était moins rendu compte encore, lorsqu'elle s'éloignait vers la bélandre. Il l'examina enfin à son aise. Combien elle était changée!...

Ces trois années d'absence ne l'avaient ni grandie ni développée. C'était toujours la jolie créature, cambrée, respirant la vie, bien éveillée, qui le charma jadis, à la première rencontre, sur les bords de la Somme. Ses cheveux d'ébène l'embellissaient pareillement, et les longs cils couvraient la flamme de ses yeux. Néanmoins, elle n'était plus la même.

Son visage avait pâli. Un cercle de bistre entourait ses paupières. Le sourire avait disparu. Les traits, en un mot, révélaient une souffrance, un pli soucieux se creusait sur le front blanc.

Elle remarqua l'impression.

— Vous êtes étonné de mon air ! murmura-t-elle tristement.

— Oh ! Lucie, je vous assure....

— Ne mentez pas, j'ai bien vieilli, depuis là-bas.

— Mais vous vous trompez. Je sais votre âge. Vous avez vingt ans.

— Erreur, j'en ai le double.

Il voulut plaisanter.

— Vous ne les portez pas, mademoiselle, pas du tout.

Elle hocha la tête.

— J'ai un miroir, répliqua-t-elle. Il n'empêche, nous avons été bien heureux, quand nous étions en Picardie.

— Et bien malheureux depuis, moi du moins,

car je ne songeais qu'à vous, et je vous cherchais, et je me faisais un chagrin considérable.

— Je vous ai regretté aussi, monsieur Léon.

Il eut un mouvement de joie.

— Vrai?

Elle prit un ton sérieux.

— Vrai de vrai. Vous avez été si aimable, si doux, si poli avec moi. Une jeune fille est souvent exposée à des choses moins simples.

Il sentit un froid en lui.

— Quelqu'un vous a manqué?

Elle esquiva la question.

— Oui, vous. Mais ce n'est pas tout cela! Qu'avez-vous fait pendant notre séparation? Racontez-moi ça.

Une confidence en amène une autre.

Olivier s'exécuta.

Paisible, il lui apprit son passé, le départ du régiment, le retour à Paris, les dures besognes de l'usine, et sa nomination qu'il bénissait, non seulement parce qu'elle lui assurait son avenir, mais surtout parce qu'elle l'avait conduit à cette barrière du Pont-National, où la *Belle-Emilie* lui était passée sous le nez, un matin de beau soleil.

Elle l'interrogea :

— De quelle façon êtes-vous venu au quai du port Saint-Paul?

— A pied, parbleu!

— Je comprends. Vous vous moquez de moi.
Qui vous y a envoyé?

— Personne. Un camarade, celui qui était
de service avec moi, m'a renseigné. Les ports
et la patache appartiennent à la même division.
Nous savons où se rendent les bateaux. C'est
très naturel.

Elle avait la main sur la table, elle se la
laissa prendre.

— Maintenant, reprit-il, et vous!

— Hélas! monsieur Léon, je n'ai pas une
histoire aussi claire, mon existence a été beaucoup moins tranquille. A quoi bon vous causer
de la peine en vous en parlant?

Il devint impérieux.

— Je veux savoir ce qu'il y a.

— Vous voulez?... Soit!... Tant pis, mieux
vaut vous le raconter, après tout. Mon oncle
s'est remarié.

— Réellement.

— Marié, absolument marié, le mois dernier,
en Seine-et-Oise, à Juvisy, où nous avons
hivcrné.

— Vous avez une tante, voilà tout. Où est le
gros mal?

— C'est que ma tante est une femme, une
femme...

— Une mauvaise femme?

— Pis. Mon oncle est tombé dans ses griffes,
un soir, du côté du canal Saint-Martin, en haut,

vers la Villette. Elle a bien compris son caractère, allez !... Aujourd'hui, la gueuse trône sur
son embarcation. Elle y est à son affaire ; elle
n'en sortira plus.

— C'est Mélanie Loisot, la femme en question.

— Oui. Oh ! on la connaît. Elle a assez traîné
les quais pour ça. Je n'aurais jamais cru,
voyez-vous, que mon oncle serait si faible. Je
n'y puis rien à présent. Le mal est accompli.

Tout cela n'expliquait pas au jeune homme
que la tante fût la mégère dont Tribert semblait avoir si peur. Il ne poursuivit pas ses in-
vestigations. Cependant, une idée lui naissait,
douce.

— Voyons, mademoiselle, ceci n'est pas irré-
parable. Ne vous marierez-vous pas aussi, un
jour ?... Vous reprendrez ainsi votre liberté.
Tenez, pourquoi n'essaierais-je pas, avec votre
permission, de vous délivrer ? Votre oncle, à
cette heure, doit être moins jaloux de vous
garder. Quant à la *Belle-Emilie*, nous n'en avons
pas besoin ; je gagne ma vie, et je n'ai rien à
perdre, travaillant sans souci du lendemain.

Elle l'écoutait, immobile, absorbée. Elle le
fixa. Elle répondit :

— C'est impossible.

Il se leva.

— Vous dites !...

— La Loisot a un fils.

Il comprit. Une pâleur envahit son visage. Il appela le garçon.

— Payez-vous !...

Ils sortirent, lui raide, elle muette, réenveloppée, et se dirigèrent côte à côte, vers le quai.

Au moment où ils y arrivaient, il tenta un suprême effort :

— Nous nous quittons donc pour toujours ? fit-il.

Elle n'eut pas le temps de répondre. Un homme se dirigea vers eux, un individu en bourgeron, en casquette grise. Léon la sentit trembler.

— Tiens, s'écria l'autre, la Lucie avec un amoureux !...

Le commis se campa :

— Monsieur, je vous prie de m'expliquer...

— Suffit. On se reverra. Toi, la petite, file devant, et sans bruit. L'oncle Pertane arrangera ça... Oust !...

Olivier eut une envie folle de sauter à la gorge du gaillard. Il se contint. Mais il remarqua que la jeune fille, en obéissant, portait son mouchoir à ses yeux, et il cria, à son tour :

— Nous nous reverrons !

XII

A L'ASSAUT !

Ça, oui, ils se reverraient, ce drôle et lui, et ils feraient plus ample connaissance !...

Il saurait quel rôle jouait au juste, auprès de Lucie, le personnage qu'un examen rapide lui avait permis de juger pour quelque chose de pas très propre.

D'abord, nul doute à cet égard; c'était le fils de Mélanie Loisot, ce fils ignoré d'une tante inconnue qui rendait impossible son amour.

Toutefois leur rencontre le déroutait.

Quand la jeune fille lui annonça qu'elle possédait un cousin, il crut aussitôt que ce dernier était un prétendant, rien que cela, un prétendant agréable au gribanier, ayant accès à bord, favorisé par l'influence que sa mère avait pris sur le père Jean.

Dame, la brune héritière de la barque aux flancs larges, était, si elle n'eût valu si cher par sa personne, un parti avantageux pour un garçon sans le sou, condamné à la misère.

Il comprenait que le susdit sautât sur l'aubaine et voulût s'assurer une situation en même temps qu'une compagne ravissante.

Alors, en une seconde, il sentit l'étendue de son malheur.

Jamais Lucie ne lui appartiendrait, parce qu'elle était promise à cet autre, qui ne la lâcherait point.

Jamais l'oncle Pertane, d'avance indisposé contre lui, le pousse-caillou d'autrefois, le fonctionnaire d'aujourd'hui, ne lui abandonnerait sa nièce, réclamée par celle qui avait eu assez de pouvoir sur lui pour s'en faire épouser.

Jamais même il ne reverrait la tant aimée, car il se disait bien qu'elle était venue au rendez-vous pour lui confesser ces choses, qu'elle y était venue en cachette, en fraude, obéissant au scrupule de le désespérer sans une excuse, et qu'elle ne consentirait plus à recommencer l'escapade.

C'est ainsi que, glacé jusqu'aux moelles, mais résolu à ne point s'abaisser à d'inutiles supplications, il coupa court à tout en entraînant Lucie vers la Seine.

Maintenant, la position changeait.

Le Loisot n'était plus un pauvre hère qui s'empressait, servi par un hasard, de confisquer une dot.

Le Loisot était un horrible individu, de ceux que la correctionnelle ébauche, que la Cour d'assises achève.

Son timbre de voix éraillé, son visage gouail-

leur, ses regards faux, sa marche déhanchée,
tout en lui l'affichait.

Rôdeur ou escarpe, il arrivait en droite ligne
des boulevards extérieurs, où l'espèce se pro-
page, encouragée par l'indifférence aimable de
la police.

Il savait cela quoique Parisien d'hier, grâce
aux promenades que son métier provisoire de
charretier lui avait values.

Et c'était un tel galant que Jean Pertane réservait à Lucie !...

Et il la tutoyait déjà !...

Non, il ne supporterait point ceci.

Il la tutoyait !... Il l'avait tutoyée devant lui
avec un air goguenard, lorsqu'ils ne s'étaient
dit, eux qui s'aimaient, que : « Vous ».

Enfin, il avait suffi d'un ordre de lui pour
qu'elle s'en allât.

A quel point donc en étaient-ils ensemble ?...

Il écarta d'ailleurs sans s'y attarder cette
horrible supposition. Il la traitait comme une
fille, seulement il y apportait de l'audace, tout
bonnement. Lucie était restée honnête. Aurait-elle autrement voulu lui causer encore, à
lui ?...

Il soliloquait de la sorte, en remontant vers
Charonne, par la rue Saint-Paul, la Bastille,
la rue de la Roquette.

La jeune fille était une victime, exposée à un
destin odieux.

Il l'avait vue sangloter, tandis qu'elle cédait aux menaces du coquin !

Que peut une femme, sans mère, sans famille, à vingt ans, quand elle a contre elle son tuteur, celui dont elle dépend ?

Même énergique, elle finit par capituler.

La lutte use les meilleures natures, si elle se poursuit dans de semblables conditions, sur quelques mètres carrés de planches, en dehors du monde ordinaire, comme en prison.

Il voyait l'existence de son amie à bord de *La Belle-Émilie*, entre le gribanier, Mélanie, le cousin, tous entassés contre elle, en cette cabine étroite où elle régnait jadis, si fière.

Il songea alors à un danger, pire que le reste.

Le fils Loisot devait vivre à bord lui aussi !... Quelle promiscuité !...

Du coup, ses poings se crispèrent, une rage lui envahit le cerveau, les tempes lui bourdonnèrent, une épouvante le prit.

Oh ! il n'avait pas un instant à perdre, sinon il arriverait trop tard, pourvu toutefois qu'il arrivât à temps encore.

Rentré dans sa chambre, il se mit à y rôder, de long en large, ainsi qu'une bête en cage.

Il s'éreinta ainsi jusqu'à ce que, sur la cloison, un coup violent l'arrêtât.

— Eh ! voisin, fit une voix, allez-vous circuler comme cela toute la nuit. Si c'est une

bombe que vous fabriquez, soyez anarchiste,
mais n'empêchez pas les autres de dormir.

— Bien, répondit-il, je me couche. Ex-
cusez !...

Il jeta un coup d'œil rapide sur son réveille-
matin, compagnon de solitude, dont le tic-tac
animait ses veilles, dont le timbre lui annon-
çait à l'aube qu'il fallait courir à la patache.

Il marquait minuit.

Il se mit au lit.

Ce fut le lendemain seulement, en se levant,
qu'il se souvint qu'il avait oublié de dîner. Une
croûte cassée en bas sur un comptoir lui suffit.
Il partit pour Bercy, à travers la ville sommeil-
lante, dans le froid vif du matin, ayant besoin
de cette course pour rassembler ses idées.

Précisément Tribert avait dû se rendre à
l'administration centrale. Il était remplacé par
un commis-ambulant qu'il connaissait à peine.
Louis semblait morose. Léon réfléchit à l'aise,
sur la rivière.

Le soir même, il trouverait un prétexte,
n'importe lequel, pour être libre deux heures,
et il irait au port Saint-Paul, et il se pré-
senterait à Jean Pertane, et il viderait cette
affaire.

Puis, s'il le fallait, il s'en irait sans prévenir
le sous-brigadier.

On le punirait, voilà tout.

Le sort lui fut favorable. Vers quatre heures,

6

le sous-chef demanda quelqu'un, pour porter
un pli urgent à la direction.

— Laissez-le-moi, demanda-t-il.

— Pourquoi à vous?

— J'ai une course à faire au bazar de l'Hôtel
de Ville.

— Ça serait une raison d'en prendre un
autre. Pourtant, si vous y tenez, allez-y. On
s'oblige, dans le métier.

Il se précipita sur le tramway qui arrivait
justement.

Du pont d'Austerlitz au quai, il ne fit qu'un
bond.

La *Belle-Émilie* était déserte, mais des voix
résonnaient, comme par une querelle, dans la
cabine aux volets verts, et deux madriers faisaient passerelle, de la terre ferme à l'embarcation.

La main sur la poignée de son sabre, le cœur
battant, résolu cependant, Léon Olivier s'y engagea d'un pas ferme.

XIII

EN FAMILLE

Le père Pertane, à l'autorité duquel le fils de
Mélanie avait fait appel, n'ayant rien su le soir,
quand elle réintégra son domicile, ne se mêla

point de la méchante querelle cherchée à la jeune fille.

Celle-ci put donc dîner, dormir en paix. Son sommeil surtout l'inquiétait, car elle éprouvait toujours une peur atroce, depuis certaine nuit où elle avait vu son triste cousin essayer de forcer la porte du modeste réduit qui lui servait de chambre.

Il l'appelait d'une voix impérieuse, quoique étouffée.

Elle avait feint de ne pas entendre, plus morte que vive, le front caché sous ses couvertures, dans l'épouvante que le ménage entendît, à côté, leur dialogue.

Elle eut d'ailleurs une explication dès le réveil.

— Qu'êtes-vous venu faire chez moi ? dit-elle.

L'autre ricana.

Elle ajouta nettement :

— J'ai un revolver, que mon oncle m'a donné, alors que je demeurais autrefois seule à bord, pour garder le bateau. Si jamais vous insistiez, tant pis pour vous !... Je tire.

Les gens de cette espèce sont lâches. L'agresseur vit une étincelle flamber dans les yeux de la jeune fille. Il se contenta de grogner :

— Doux, la petite, on vous repincera.

Aussitôt, s'engagea entre eux une guerre

— sourde, haiueuse, perpétuelle. Il ne se démas-
quait pas encore, car le bélandrier aimait sa
nièce à sa manière. Mais il la larda de coups
d'épingle, et lui rendit l'existence dure.

Patelin devant le tuteur, il gagnait son
amitié.

Ingénieux avec Lucie, il n'attendait qu'une
occasion de se venger.

Elle pensa que, l'ayant surprise avec Léon,
il en userait dès le lendemain, puisque les circonstances l'avaient servi, et puisqu'il s'était
tû sur le coup.

Elle se trompait.

Il patienta jusqu'à quatre heures, laissant
passer le déjeuner.

Lorsque Jean Pertane n'avait pas de travail,
il faisait volontiers la sieste, ancienne habitude de flamand matinal, qui lui était restée.
Dès que le café fut desservi, le bonhomme alla
s'étendre sur son lit. Une conversation se noua,
à demi-ton, entre Mélanie et son héritier, à
l'arrière de la gribane.

Puis elle rejoignit son mari.

Ils causèrent longuement.

Lucie avait guetté ce manège. Elle devina
l'orage. Il éclata.

Jean Pertane sortit de son coin et la réclama :

— Viens donc. J'ai quelque chose à te dire.

Ils s'enfermèrent dans la salle, tous les
quatre.

Quand ils y furent, l'oncle entama la question :

— Tu sais, Lucie, pourquoi je veux te parler ?

— Je m'en doute.

— Eh bien, ça sera plus commode. Hier, tu te promenais avec quelqu'un.

— Parfaitement.

— Un galant.

— Oui et non.

— Tu nies que tu avais un rendez-vous ?

— Je ne nie rien ; je prétends que ce n'était pas un amant.

Le sang lui afflua au visage. Mélanie semblait se désintéresser, immobile, les coudes sur la table. Le fils était sournois.

— Un amant !... Il ne manquerait plus que ça. Parbleu, où l'aurais-tu fréquenté ?... Je te surveille assez.

— Vous paraissez croire...

— Je me contente de ce que je sais. Tu as une intrigue. Je t'ai promis que je casserai les reins au premier qui rôderait autour de tes jupes. Faut-il ?...

Elle était pâle.

— Il faudra ce que vous voudrez, mon oncle, seulement, vous avez tort.

— Mélanie, l'autre fois, t'a déjà surprise.

— Et après ?... J'ai vingt ans. Je ne suis plus une gamine. Vous avez confiance en moi, je

suppose. Du moment que je vous affirme qu'on
ne m'a pas manqué...

— Ce n'est pas l'affaire. Tu connais mon
idée. Si tu te maries un jour, ce sera avec un
garçon du métier, qui me succédera.

— Il n'en est pas. En avez-vous un autre à
m'offrir?

Jean Pertane eut un coup d'œil sur le fils de
Mélanie, coup d'œil que Lucie suivit, très pâle.

— Peut-être, fit-il.

Elle se tourna vers le personnage.

— Ah! s'écria-t-elle, on veut me marier en
famille.

— Tu ne serais pas la première.

Elle se leva.

— Mon oncle déclara-t-elle, c'est inutile d'insister. Je saisis : vous avez votre prétendant.
Moi, je n'ai qu'une chose à vous répondre : je
n'en veux pas.

Il s'emporta.

— Et si j'exige.

— J'ai vingt ans. J'en aurai vingt-et-un l'an
prochain. Je serai majeure. Je me défendrai.

Le bélandrier eut une poussée de colère. Il
dressa son poing, un poing énorme, une mas-
sue. Lucie recula.

— Vous allez me battre, maintenant?

Ses dents grincèrent.

— Sans doute, si ça me plaît. Qu'est-ce que
tu ferais, si je te battais?

Elle eut un geste, montrant le dehors, et, d'une voix calme :

— La Seine n'est pas loin.

L'oncle hésita, un voile passa sur ses paupières, il se rassit.

Mélanie fixa son fils.

Celui-ci, muet jusqu'alors, intervint.

— Je ne forcerai pas mademoiselle. Chacun son goût. Si elle me refuse, c'est son droit. Je n'insiste pas, monsieur Pertane. Elle aime son gabelou, qu'elle le garde !

— Un gabelou !...

— Certainement, je l'ai bien reconnu. C'est celui qui était dans la patache, quand nous avons passé au Pont-National, l'autre jour.

— Un gabelou, répéta le patron de la *Belle-Émilie*.

— Est-ce vrai, la Lucie ?

Elle avoua.

L'oncle bondit.

— Tu aimes un gabelou. O gredine ! Tu me le paieras.

Il se précipita vers elle. Elle baissa le front. Il lui sembla que la foudre s'abattait.

Mais au même instant la porte s'ouvrit brusquement, un homme entra.

— Léon ! s'écria-t-elle.

— Monsieur Pertane !

Comme un ours, le batelier enfonça son cou dans ses épaules.

— C'est lui ?

— Oui !

— Très bien. Vous, vous allez sortir, tout de suite, tout de suite, ou je fais un malheur.

Le jeune homme jugea la scène, en une seconde. Il vit Mélanie, les regards sur lui, exciter le père Pertane. Il vit l'individu de la veille, un sourire mauvais aux lèvres, consulter sa mère. Il vit le bélandrier, hors de ses gonds, prêt à un crime. Il vit Lucie enfin, atterrée. Instinctivement, il tira doucement la poignée de son sabre.

La jeune fille comprit le mouvement. Elle s'élança.

— Partez, je vous en supplie, partez vite.

Sa poitrine palpitait, un effort la poignait, les larmes ruisselaient sur ses joues.

— Obéissez, éloignez-vous, ou je me tue.

Il haussa les épaules.

— Soit, dit-il, je m'en vais. C'est une querelle d'intérieur. Je choisirai un meilleur instant. Au revoir, Lucie !...

— Au revoir.

Il sortit.

Seulement, le fils de Mélanie le suivit par une manœuvre habile, sans un mot.

Olivier, hors de la pièce, avait un éblouissement. Il chercha son chemin, comme à tâtons. L'obscurité l'aveuglait, et le fleuve l'étourdissait.

Il arriva pourtant jusqu'à la passerelle, cette passerelle qu'il avait abordée si carrément, dix minutes avant, car l'événement s'était terminé en moins d'un quart d'heure.

Il y posa le pied.

Il y risqua un pas.

Soudain, il se sentit donner une poussée par derrière, brutalement.

Il voulut se retourner. Il chancela et perdit l'équilibre. Les madriers manquèrent sous lui.

— A moi ! cria-t-il.

Et il tomba dans le courant, les bras perdus, comme une masse, tandis que le fils de Mélanie, se jetant au fond de la cale ouverte du bateau, disparaissait ainsi qu'en une féerie.

XIV

UN HOMME A LA SEINE

— Un homme à l'eau !

Tel fut le cri que poussa, de la berge, un gamin qui errait par là.

Sur le quai, au sommet de l'escalier, un agent se promenait, de long en large, devant le poste de police. Il entendit l'appel. Il clama :

— Un homme à l'eau. Où ça ?

— Par ici, monsieur le sergot.

Cette dénomination irrespectueuse lui laissa supposer que le galopin lui jouait une farce. Mais une fillette se précipita vers lui, confirmant la nouvelle.

Elle était à quelques pas. Elle avait vu une ombre sur un bateau, là, une ombre se mouvoir, puis vaciller, puis s'abîmer dans le gouffre. Elle en était sûre. Il n'y avait pas une seconde à perdre.

L'agent, vivement, prévint ses collègues. Ils descendirent, à trois, sur le bas-port, tandis que les badauds commençaient à s'amasser.

Le premier objet qui frappa leurs yeux, ce fut la passerelle de la *Belle-Émilie* dont l'un des madriers était tombé. Ils hélèrent.

— Ohé ! de la péniche. Arrivez ici !

Un mouvement s'opéra à bord, où des voix grondaient encore. Léon Pertane s'avança.

— Qu'est-ce que vous voulez?

— Vous avez un de vos hommes à la rivière. Vite, une barque !

— Un de mes hommes ?

Le bélandrier éprouva un soupçon, en même temps qu'un doute. Mélanie le rejoignait. Il lui demanda :

— Ton fils est sorti ?

Elle blêmit.

— Il y a un instant, il était encore là. Mon Dieu, lui serait-il arrivé malheur ?

— Malheur, à moi ?

Le criminel se montra aussitôt.

Les agents s'impatientaient,

— Allons, assez !... Vous vous expliquerez plus tard. Votre canot !...

— Quand je vous dis que mon effectif est au complet, expliqua Pertane.

Lucie avait écouté. Un pressentiment l'éclaira.

— Léon, Léon se noie. Il aura glissé en partant. Il fait si noir !

— Léon ? questionna le bélandrier.

Mélanie échangeait un signe avec son fils. L'oncle devina une affaire épouvantable. Il n'était pas gangrené au point de laisser assassiner quelqu'un chez lui. Son fonds d'honnêteté remonta :

— Voilà, voilà !... Je suis à vous, messieurs.

Il s'élança à tribord, où une coquille de noix se berçait, contre la bélandre, et sauta dedans, après avoir empoigné une paire d'avirons.

En cet instant, son beau-fils lui offrit de l'aider.

— Toi, lui dit-il en ses dents, je te conseille de filer, car ça va mal tourner pour nous. Ce n'est pas des coups à faire, ça.

Et d'un mouvement brusque, détachant la barque, il s'envoya en pleine Seine.

Il n'y ramait pas seul. Les cinq minutes perdues en pourparlers, en explications, avaient été utilisées par d'autres. Trois embarcations se croisaient sur les flots, cherchant, et une centaine de personnes s'étaient amassées à terre, formaient un groupe bruyant que chaque instant grossissait.

Du poste, les agents étaient arrivés avec une lanterne, une boîte de sauvetage, des engins.

Le parapet des quais, dans l'île Saint-Louis, dans le quartier de l'Arsenal, se garnissait de têtes.

Des indications se croisaient :

— Par là !...

— Par ici !...

— Sous le pont !...

— Je le vois !... Il nage. Poussez à droite.

Jean Pertane vit aussi, à une dizaine de brasses, en aval, une chose flotter, se débattre.

— Au secours !... A moi !

C'était Olivier.

Il rama, à larges efforts.

Il arriva second.

Un confrère, que la prime alléchait, avait atteint le naufragé. Il constata alors qu'il étreignait une épave.

Ce morceau de bois, auquel il devait son salut, était le madrier de la passerelle, qui avait basculé avec lui, et dont ses mains s'emparèrent. Privé de cet appui, ne sachant point nager, empêtré dans son uniforme, alourdi par ses chaussures de marche, paralysé de son sabre, il aurait coulé à pic.

Pourtant, quand il se sentit attirer hors du fleuve, il était à bout de forces, ses doigts abandonnèrent la planche, qui s'en alla à la dérive.

Et il s'évanouit.

Jean Pertane ne vit que ces paupières closes, ces membres glacés.

Il frissonna :

— Mort !

— Je ne crois pas, fit son confrère. Il n'en vaut guère mieux. Je le ramène aux agents. Ils ont des drogues.

Ceux-ci attendaient.

Pertane, sans un mot, regagna la *Belle-Émilie*; il préférait ne pas être là, quand Olivier rouvrirait les yeux.

L'attroupement accueillit par un murmure de soulagement l'arrivée de la victime.

— Tiens, un gabelou ! constata le sergent de ville qui avait donné l'alarme.

Puis, aidé, il dégrafa le ceinturon, déboutonna la tunique, mit la main sur le cœur.

— Il bat. Ce ne sera rien. Enlevons-le.

A deux, ils empoignèrent Olivier et le portèrent au poste, suivis des curieux, qui se plantèrent devant la porte.

Dans tous les corps de garde, on a des instructions précises, rédigées aussi clairement que le permet le style administratif, qui indiquent le moyen de ramener à la vie asphyxiés ou noyés. Le brigadier les lut à haute voix. Ses inférieurs les appliquèrent de leur mieux. En réalité, Léon étant syncopé seulement ; tous les traitements ne faisaient que le fatiguer, sans le réveiller.

Le sous-brigadier l'avait fouillé. Il découvrit son nom et son domicile.

Enfin, il eut un soupir, et il regarda, étonné, le lieu où on l'avait transporté, les figures qui l'entouraient.

— Ça va mieux ? lui demanda-t-on.

Le souvenir lui revint. Un sourire triste plissa ses lèvres. Il répondit :

— Merci. Je n'ai plus besoin de rien.

— Voulez-vous qu'on vous reconduise chez vous en voiture ?

— Inutile. J'irai seul.

— Mais vous êtes trempé.

— C'est vrai.

On réquisitionna un fiacre, qui se rangea devant le poste.

Soutenu par deux agents, Léon y monta, entre une double haie de spectateurs. Un de ses compagnons prit place avec lui. Il jeta une adresse au cocher.

— Rue des Vignolles, passage Savart !...

Le véhicule s'éloigna.

En ce moment, le brigadier demeuré à quelques pas en arrière, remarqua une jeune fille, décoiffée, en cheveux, qui avait des larmes, qui écoutait l'indication, qui s'enfuyait aussitôt, suivant le fiacre.

— Tiens, tiens ! ronchonna-t-il, c'est la petite au père Pertane. Qu'est-ce que ça signifie ?...
Je vais voir à ça.

C'était Lucie en effet.

Elle aussi, elle a suivi les péripéties du sauvetage. Elle en était devenue comme folle. Elle
avait sauté sur la berge, sans s'occuper de Mélanie Loisot, sans attendre le retour de son
oncle. Elle avait couru le long du port, vers le
point où s'accumulaient les passants. Elle arriva un quart d'heure à peine après la voiture,
essoufflée un peu, angoissée surtout.

Devant la maison énorme, une trentaine de
personnes s'étaient arrêtées, pêle-mêle avec des
marmousets sales, incultes, guenillards. La
concierge fournissait des explications.

— C'est le locataire du quatrième, cour numéro trois, qui s'est noyé. On le ramène à l'instant.

— Il n'est pas mort ?...

— Je ne crois pas, puisqu'il a monté l'escalier. Mais il est très pâle, le pauvre garçon.
C'est bien dommage, un si brave employé, qui
ne se dérange jamais, qui ne boit pas, qui paye
régulièrement son loyer. Ce sont toujours les
bons à qui ça arrive.

Lucie se tut, les lèvres fiévreuses, le pouls
battant la chamade.

N'écoutant plus les bavardages, elle piétinait
dans la boue du ruisseau, pour savoir la vérité.

L'agent redescendit.

Dix langues s'exercèrent à la fois.

— Comment va-t-il ?

Bourru, il écarta les importuns.

— Il va bien. Un verre de cognac et une nuit tranquille le remettront, à moins qu'il n'ait attrapé une fluxion de poitrine. Au large !...

Il remonta dans le fiacre, et reprit le chemin du poste.

Lucie eut une pensée : celle de grimper à son tour au quatrième, d'y surprendre Léon, de lui dire qu'elle l'aimait, qu'elle lui appartenait, qu'elle ne le quitterait plus. Une pudeur la retint. Elle retourna, à pas lents, tête basse, par les rues qu'elle avait suivies, vers le port Saint-Paul.

Quand elle y fut, neuf heures sonnaient. Sur le quai, redevenu désert, une silhouette solitaire se tenait impassible, semblant veiller sur la *Belle-Emilie*. Elle reconnut un gardien de la paix. Il l'interpella :

— Où allez-vous ?

— Chez moi.

— Vous êtes la fille Pertane ?

— Vous le voyez bien.

— C'est que votre monde est au commissariat.

— Ah ! j'y vais.

— Inutile, je n'ai pas d'ordre pour vous.

Rentrez. Seulement, n'essayez plus de sortir.
C'est ma consigne.

Elle hésita, mais elle se sentit brisée, incapable de faire un pas. Elle franchit la passerelle et alla s'asseoir dans la salle à manger, le front bas, fixant la porte par où Léon était venu, quatre heures auparavant, et par où le fils de Mélanie s'en était allé derrière lui.

Sur le quai, l'agent se promenait, enveloppé dans sa pélerine, gardant à vue la bélandre abandonnée.

XV

PAR ACCIDENT

Quand il s'était rattrapé à la planche, Léon avait obéi à un instinct, à celui qui nous attache à l'existence.

Puis, au réveil, dans cette pièce nue, pleine d'hommes armés, aux faces barbues, qui le regardaient d'un œil moins banal que celui dont ils contemplent ces choses coutumières, rendus sympathiques par l'uniforme, il réfléchit.

N'était-il pas un peu leur collègue, appartenant à une grande administration, et militarisé ?

Il se rappelait à merveille la façon dont sa chute s'était produite.

Le cousin de Lucie marchait sur ses talons. Il s'en souvenait, quoiqu'il eût la tête un peu perdue par tous ces événements, son entrée dans la salle où allait se trancher son sort, et son départ devant les supplications de la jeune fille, bien plus puissantes que les menaces de l'oncle. Oui, il s'était soumis à cause d'elle. Et son abattement était tel qu'il aurait marché droit à l'abîme. Mais il n'avait pas le moindre doute. C'était l'autre qui l'y avait précipité.

Si donc on lui eût demandé des renseignements, il les aurait fournis avec la pensée de se venger aussi.

Le brigadier, qui n'avait pas dîné, comprit qu'une enquête l'attarderait.

Il la réserva pour une heure moins opportune.

Il s'en excusa en pensant que l'important était de faire comparaître devant le commissaire les gens du bateau.

C'est ainsi que le commis-ambulant Olivier se retrouva chez lui, grelottant au lit, avec une bouteille de rhum, un verre, une bougie sur sa table de nuit.

Dans la tiédeur des draps, une lassitude l'envahissait.

Il allait s'endormir, quand sa porte s'ouvrit; un pas de femme résonna, un froissement de jupe s'approcha.

Il eut une impression poignante.

C'était Lucie !

Il rouvrit les yeux.

C'était Catherine !

La bonne de Milard avait appris la nouvelle par la rumeur du quartier. Elle consulta du regard son patron.

Celui-ci, brave homme, aimait son client. Il dit :

— Montez donc chez M. Olivier. Vous prendrez de ses nouvelles. Vous lui demanderez s'il n'a besoin de rien.

Enchantée, elle accomplissait sa commission.

Léon l'accueillit assez mal, étant déçu :

— Merci. Je ne veux que dormir. Laissez-moi.

— Pourtant, un bol de vin chaud vaudrait mieux qu'un verre de cognac. Tenez, vous n'avez même pas de feu allumé. Si c'est possible de se soigner comme ça !

Alors, sans lui permettre de répondre, elle se précipita vers le poêle, le pauvre poêle de fonte de maman Olivier. Elle découvrit un peu de charbon de bois et un reste de coke dans la cheminée. Elle prépara un foyer.

Maintenant il la voyait de dos, montrant sa large croupe de fille des champs, affairée et néanmoins silencieuse. Comme elle veillait à son édifice combustible !... Certes, c'était de bon cœur qu'elle s'occupait de lui,

Il eut un regret de l'avoir brusquée.

Quand elle se releva, les joues rouges, heureuse de la flamme qui se montrait, il lui sourit avec une expression de gratitude.

— Vous avez tort, mademoiselle, de vous donner tant de mal. Je vous assure que c'était inutile. Un lit vaut mieux que tout.

Elle parut satisfaite.

— Allez, vous pouvez avoir besoin de vous lever cette nuit. Vous n'aurez pas froid ainsi. Je vais maintenant vous chercher le vin chaud.

— Je vous en prie, je ne le boirai pas.

— Vrai?

— Ma parole.

Elle n'insista plus. Elle lui borda les draps. Puis elle lui souhaita bon sommeil.

— Je reviendrai demain matin.

Il n'osa refuser.

— Ce sera bien pour votre plaisir, car vous me trouverez sur pied.

Elle s'éloigna, et il s'endormit dans un souffle paisible, pris aussitôt par le rêve consolant d'un visage féminin qui errait autour de lui.

La femme était Catherine, mais le visage était celui de Lucie.

Il se réveilla vers neuf heures. Il sentit une paralysie clouer ses membres. Il voulut réagir.

Il mit une jambe hors du drap; il ne put la placer sur le plancher, et y joindre la seconde.

— Diable ! murmura-t-il.

On frappa au même instant à la porte.

— Qui est là ?

— C'est moi, Catherine. Il y a un monsieur qui veut vous parler.

Il se recoucha.

— Entrez !...

La bonne de Milard introduisit un individu rapé, en chapeau mou, sentant son métier à vingt pas.

— Je vous laisse, fit-elle.

Le visiteur s'approcha.

— Je suis, annonça-t-il, l'inspecteur du commissariat du quartier de l'Arsenal. Je viens pour votre affaire.

— Ah ! bien. Asseyez-vous. Que vous faut-il ?

— Vos nom, prénoms, âge ?

— Louis-Félix-Jacques Olivier, né à Gonesse (Oise), employé à l'octroi, vingt-sept ans.

— Bon. Racontez-moi, s'il vous plaît, comment s'est produite votre chute d'hier, dans la rivière.

Léon aurait avoué la veille. Il l'aurait peut-être fait encore, causant à un agent. Devant ce personnage en civil, aux allures de mouchard, il ne voulut plus se confier.

Il raconta une histoire quelconque, évitant de citer aucun nom, sauf celui de Jean Pertane. S'il avait visité la *Belle-Emilie*, c'était parce

qu'il avait eu des reproches de ne point l'avoir
fait, au pont National, l'autre jour. Il tenait,
étant exposé à l'y revoir, à prier le bélandrier de
s'arrêter une autre fois, afin de lui éviter des
ennuis. Cela valait mieux pour tout le monde.

Le policier l'écoutait, le guettant.

— En un mot, vous avez glissé involontaire-
ment, sur la passerelle?

— Il faisait noir et je n'ai pas l'habitude.

L'inspecteur insista, essayant d'arracher un
secret qu'il semblait deviner, retournant le
malade.

Celui-ci s'entêta, d'une voix calme, dans son
mensonge.

Enfin il demanda :

— Pensez-vous que j'aie voulu me suicider,
par hasard?

— Pas du tout. Mais tout ceci n'est pas clair.
Les Pertane ont affirmé hier au commissaire
qu'ils ne vous connaissaient pas, qu'ils ne vous
avaient jamais vu. C'est possible, après tout ;
seulement, ils n'avaient pas l'air très sincères.
Puis, ils sont si mal notés, le fils de la femme
surtout !... Enfin, du moment que vous ne portez pas plainte....

— Je ne puis me plaindre parce que j'ai
manqué un pas et qu'un madrier a basculé.

— Vous êtes certain que personne n'y avait
touché ?

— Absolument.

L'inspecteur se leva.

— Entendu. Je ferai mon rapport. C'est un accident.

— Un accident, sûr !...

Il se retira. Seulement, avant de franchir le seuil, il fit une dernière question :

— Quelle est cette fille qui m'a ouvert? Votre maîtresse?

— C'est tout simplement la bonne de M. Milard, mon traiteur, qui s'intéresse à moi.

— Très bien !

L'homme sortit.

Quand il fut parti, Léon éprouva un soulagement. Il avait évité que Lucie fût mêlée à cela. Désormais, il pouvait se reposer. Il attendait la visite du médecin de l'administration, car il ne se sentait pas bien, vraiment.

Plusieurs fois dans la journée, il s'assoupit. Catherine montait, ainsi que la concierge, de temps en temps. La nuit vint.

Il était, comme la veille, dans une torpeur, lorsque le même frou-frou d'étoffe attira son attention.

Cette fois, il garda ses paupières closes, certain que c'était la servante.

Une voix étouffée l'appela :

— Monsieur Léon !

Il sursauta et, les prunelles élargies, regarda la visiteuse.

— Vous ici !...

Lucie Pertane, enveloppée du manteau qu'il connaissait, les yeux humides, les joues roses, était au chevet de son lit.

XVI

SEULS A SEULS

Le père Pertane et Mélanie avaient été appelés, en effet, au commissariat dans la soirée.

Tout événement, grave ou simple, gros ou mince, du moment que la police y intervient, doit être l'objet d'une enquête en due forme.

Le rapport seul du brigadier aurait donc suffi à provoquer celle-ci.

La triste renommée de la *Belle-Emilie* la rendait indispensable.

On l'avait si souvent signalée que cela ne pouvait s'expliquer tout naturellement qu'un homme, un gabelou surtout, tombât à la Seine, dans l'obscurité, en quittant la bélandre.

Or, comme l'oncle Jean n'avait point la conscience très tranquille, il préféra nier en bloc, que de discuter.

— Vous assurez que vous n'aviez aucun rapport avec cet employé ?

— Je ne l'avais jamais rencontré.

— Que faisait-il donc à votre bord ?

— Je l'ignore. Il a causé à mon beau-fils, pas à moi.

Ledit beau-fils s'étant enfui avant que les agents requissent, le batelier lui mettait au petit bonheur tout sur le dos, pensant qu'il le méritait bien.

Mélanie eut une grimace, que surprit le fonctionnaire.

— Bien, fit-il, rentrez chez vous, mais ne démarrez pas avant mes ordres. Sinon, cela vous coûtera cher. Vous me comprenez.

Le couple réintégra son logis flottant, la tête basse, la lèvre muette, vers dix heures.

Il trouva Lucie immobilisée sur sa chaise.

— Va te coucher! ordonna Pertane.

Elle obéit, décidée à prêter l'oreille.

Une mince cloison la séparait de la chambre conjugale. Une explication terrible se produisait entre les époux. Des mots lui arrivaient par bourrasques. Le mari accusait carrément le cousin d'un assassinat. La femme le défendait, âpre, avec des phrases de trottoir. Ceci se termina à minuit, par une menace de celui-là à celle-ci :

— Tu sais, si ton fils reparaît ici, je le fiche à l'eau à mon tour. Voilà mon avis. Fais-en ton affaire ! Je ne veux pas passer en cour d'assises pour lui, sacredié !

La jeune fille s'endormit, presque heureuse.

Le lendemain, la matinée fut longue, dans cette cabine où l'orage de la veille continuait à gronder en sourdine. Enfin, vers midi, comme on se mettait à table, un sergent de ville se présenta. Il apportait la délivrance.

— M. le Commissaire m'envoie vous dire que vous êtes libres. L'interrogatoire de la victime conclut à un accident. Si j'ai pourtant un conseil à vous donner, c'est de déraper vivement.

— Soyez tranquille. Nous serons partis demain.

C'est pourquoi Lucie, le soir, avait couru rue des Vignolles et se trouvait auprès de Léon.

— Oui, me voici, lui dit-elle. Cela vous étonne ?

Le jeune homme était devenu blême d'émotion.

— J'ai demandé l'étage à la concierge, ajouta-t-elle. La clé était sur la porte. Je suis entrée. Vous dormiez ?

— Peu importe.

La main de la bien-aimée reposait sur ses draps ; il s'en empara.

— Oh ! Lucie.

Elle le laissa faire.

— Comme je suis content de vous revoir après tout cela. J'avais peur que vous ne vous en alliez pour toujours.

— Sans vous remercier, non !

— Me remercier, de quoi ?

— De votre générosité, monsieur Léon.

— De quelle générosité ?

— Vous nous avez sauvés tous.

— Comment ?

— En ne disant pas la vérité.

— Sur quoi ?

— Sur la chose d'hier.

— Ah ! on vous a raconté...

— Que vous aviez répondu à la police que vous aviez glissé à la rivière.

— Vous savez donc le contraire ?

— Oui, et mon oncle aussi. On vous y a poussé, n'est-ce pas ?

— Peut-être. Mais ne pensons plus à ça. Vous êtes bonne, très bonne et très belle. Je ne me rappelle rien, ou plutôt si, je me souviens de Péronne, du passé, de vous. Lucie, comme nous serions unis, si vous vouliez !

Elle sembla rêver une seconde, à ce rappel des jours d'autrefois.

Il lui serrait les doigts, ses doigts fluets et nerveux. Il s'enhardissait. Il y posait de courts baisers, sur les phalanges, sur les ongles, courant, explorant, remontant vers le poignet, de courts baisers chauds et brûlants.

Elle ne les repoussait point.

— Écoutez, reprit-il, vous auriez tort de m'être reconnaissante, si j'ai un peu souffert, je

suis joliment récompensé maintenant. Aussi,
ce n'était pas possible, vous ne pouviez aimer
cet individu, dites?

Elle fit simplement :

— Je l'exècre.

— Alors? vous ne serez pas sa femme?

— Jamais.

— Et votre oncle?

— Il l'a chassé.

— Ah !

Léon Olivier n'en souhaitait pas davantage.
La nouvelle l'émut jusqu'au fond du cœur. Le
paradis s'ouvrit devant lui. Une bouffée de
folie lui caressa le visage. Il se dressa sur son
séant.

— Lucie, ma Lucie ! murmura-t-il.

Et, ceignant la taille de la jeune fille, il
l'attira près de lui, tout près, sur sa poitrine,
où il la sentit frissonner.

Elle éprouvait à son tour une impression
amollissante, dans cette chambre silencieuse,
où planait la tiédeur d'un bon feu, contre ce
corps vibrant d'homme, en pleine paix.

Les phases de leur liaison lui revenaient,
attendrissant ses sens, la rendant faible pour
résister à cet amour si franc, si honnête, si communicatif. Elle revoyait le canal paisible là-bas,
sous le ciel de Picardie. Elle se remémorait, en
un éclair, leurs promenades, le bal, l'herbe des
remparts, le petit cabaret où tournait le soleil,

et la vallée complice. Elle n'avait pas la force de se reprendre, brisée par toutes les émotions de cette crise tragique, où Léon avait failli perdre la vie pour être venu la demander à son oncle, pour avoir bravé son cousin, pour elle. Instinctivement, elle laissa choir sa tête sur l'épaule du gabelou.

— Allons, questionna-t-il, vous consentez, vous serez à moi, nous nous marierons ?

— Oh ! je vous en supplie.

Il insista.

— Vous n'avez plus de raisons pour me refuser, puisque le père Pertane a renvoyé ce mauvais drôle.

— Je ne dis pas.

Il s'enfiévrait.

— Vous cesserez de causer d'une voix cruelle. Vous comprenez mes intentions. Vous savez que je vous aime. Vous m'aimez !...

— Oui, je vous aime.

L'aveu lui échappa, dans un souffle, lentement, comme un parfum emprisonné, qui s'évade du vase, par une fissure soudaine.

— Lucie !...

— Léon !...

— C'est pour toujours ?

— C'est pour la vie. Je vous le jure. A vous, ou à personne.

— Enfin !

Alors les baisers s'abattirent sur le front, sur

les joues, sur les yeux mi-clos, sur le cou blanc
où frisottaient les cheveux noirs. La bougie,
brûlant à mèche longue, mettait au mur
leurs ombres enlacées. Une tendresse éclatait
dans la pièce triste, parmi les objets modestes,
l'héritage de la maman Olivier. Si un portrait
de la pauvre morte eût rayonné quelque part,
en un cadre, il aurait souri. Mais elle n'avait
jamais eu les six francs nécessaires au photo-
graphe ambulant, hélas !... Les jeunes gens
étaient seuls, complètement seuls, livrés à eux-
mêmes, sans une figure amie pour restreindre
leurs épanchements.

A un moment, Lucie sentit que la main de
Léon s'égarait.

Elle voulut lui échapper.

— Par pitié, gémit-elle.

Il la retint, ne se dominant plus.

Elle s'abandonna.

Au même instant, un cri de surprise l'arrêta.

— Qui est là ? clama-t-il, furieux.

— C'est moi, monsieur Olivier. Je ne savais
pas que vous étiez en compagnie. Sans cela, je
ne me serais pas permis...

Catherine, ahurie, était devant eux, les regardant.

Lucie se redressa, toute rouge, échevelée.

Léon se sentit ridicule.

Catherine fit un pas pour se retirer.

Lucie la rappela :

— Ne vous en allez point, mademoiselle, je me retire.

Elle s'enferma dans son manteau, frémissante. Le jeune homme voulut l'attirer de nouveau. Elle se déroba. Il comprit.

— Vous vous trompez. Je vous assure que mademoiselle vient simplement de la part de son patron, M. Milard, mon restaurateur. Que pouvez-vous supposer ?... Ne partez pas.

Elle avait repris son sang-froid, elle répliqua.

— Je m'en vais parce qu'il se fait tard, tout bonnement. Je pense que vous vous rétablirez. D'ailleurs, nous nous reverrons sans doute.

— Au moins, promettez-moi...

Elle dit d'un ton net :

— Je n'ai qu'une parole, monsieur Léon, qu'une, moi !... Je la tiendrai. A personne, si ce n'est à vous.

— Au revoir !

— Adieu !...

Elle sortit, calme, toisant au passage, Catherine.

Quand la porte se fut refermée, Léon Olivier eut un accès de rage. Il voulut injurier la servante malencontreuse. Un voile passa sur ses yeux. Avant qu'il pût prononcer un mot, il retomba sur son lit, comme mort, les traits con-

vulsés. Catherine, perdant la tête, appela au
secours.

Lorsque le médecin, qu'on prévint à la hâte,
arriva au chevet du commis, une fièvre épouvantable s'était déclarée, et il divaguait.

FIN DE LA PREMIÈRE PARTIE

DEUXIÈME PARTIE

I

LES ANTÉCÉDENTS DE TATAVE

La première fois que le cousin de Lucie fut mis en rapport avec les pouvoirs constitués de son pays, le dialogue suivant s'engagea entre eux :

— Vous vous nommez Gustave-Philogène Loisot?

— Oui, mon président.

— Fils naturel de la fille Mélanie-Léontine-Athalie Loisot?

— On me l'a dit.

— Vous n'avez aucun moyen d'existence?

8

— Dame, à quinze ans !...

— Vous êtes un mauvais sujet, vous fréquentez la pire compagnie?

— Tout le monde ne peut pas être reçu aux bals de l'Hôtel-de-Ville.

— Soyez convenable. On vous a arrêté dans une rafle, sur le boulevard de la Chapelle. Vous étiez très lié avec les sieurs Cramoin, Lucianne, Jarron, ici présents.

— Très lié !... Nous nous rencontrions de temps en temps, dans le monde.

— Ils sont accusés de vol à l'étalage, on a découvert chez eux les marchandises dérobées. Vous portiez une cravate qui provenait du magasin : *A la Ville de Clignancourt.* Vous avez expliqué la provenance de cet objet en racontant que Lucianne vous l'avait donné, mais que vous ignoriez qu'il l'eût acquis délictueusement. Persistez-vous?

— Parbleu !... Une cravate à quatre-vingt-quinze ! Mon ami pouvait bien l'avoir achetée.

— Nous verrons ça. Asseyez-vous.

Gustave Loisot s'assit.

Cette conversation avait lieu, par une après-midi grise d'hiver, dans une salle froide, en présence d'un Christ peint, de trois magistrats, de l'accusation représentée par un jeune substitut, de la défense confiée à deux avocats inexpérimentés encore plus que stagiaires, et d'une demi-douzaine de curieux attirés en ce site

morose par le ronron d'un poêle aux larges
flancs.

La 9ᵉ chambre avait d'ailleurs prêté peu
d'attention à cette affaire minuscule, intéres-
sant quatre affreux garnements, que la maison
de correction guettait.

Un des juges crayonnait une silhouette de
Parisienne accorte, sur une feuille de papier
blanc. L'autre s'absorbait, vautré dans son fau-
teuil, en la contemplation du plafond. Le président seul suivait la cause, parce qu'il ne
pouvait décemment en abandonner l'interrogatoire à l'huissier. Pas un parent, pas un ami
n'était venu soutenir de sa présence les accusés.

Ceux-ci, sauf Gustave Loisot, avouaient,
d'ailleurs, en ricanant, tous les méfaits dont
on les chargeait.

Les témoins étaient les agents qui les avaient
empoignés, et auxquels Cramoin et Jarron
avaient décoché quelques ruades, corsées d'injures. La maison de nouveautés était représentée par un inspecteur. L'instruction avait
duré un mois.

On y eut sans doute relâché Loisot, si le Parquet, édifié sur sa moralité, la mère étant à
Saint-Lazare, n'avait pensé qu'on pouvait aussi
bien le garder à tout hasard, plutôt que le ren-
voyer au ruisseau, où il retomberait assez
vite.

Quand les formalités furent terminées, il

apparut nettement que son acquittement s'imposait.

Le ministère public s'en désintéressa afin de
concentrer sa colère sur les trois autres.

Et, après un court délibéré, ces derniers
furent retenus, tandis que lui était relaxé.

Il quitta le Palais de Justice, la tête haute,
très fier de son attitude, bien résolu à accomplir sur les boulevards extérieurs une carrière
si élégamment commencée.

Ce qui l'ennuyait le plus, c'est qu'on avait
confisqué la cravate à quatre-vingt-quinze.

Ce qui le consolait, c'est qu'il l'avait portée
suffisamment pour en faire un chiffon grais-
seux, avachi, inemployable.

En entrant au garni, il y retrouva la mère
Loisot, relâchée depuis huit jours.

— Te voilà, fit-elle.

— Parbleu !

— Ils ne t'ont pas conservé ?

— Pas de ce coup au moins.

— Va, ce sera pour le prochain.

— Merci, on est trop mal au Dépôt, et la
Roquette ne me tente pas. Je prendrai mes
précautions.

— Enfin, arrange-toi. Tu sais que si les flics
t'emballent, ce n'est pas moi qui te récla-
merai.

— Dame, puisque tu seras emballée avec
moi, tu ne pourrais point.

Et leur existence commune, de vice, de débauche, de trucs quelconques, reprit.

Gustave Loisot allait, venait, paraissait, s'évanouissait, sans que Mélanie, occupée de son côté, s'en inquiétât.

Il vivait au jour le jour, de métiers passagers, vendant des articles dans la rue, criant des journaux de sport, ouvrant des portières, ramassant des bouts de cigares, vagabondant en un mot avec des drôles et des drôlesses de son genre.

Une seule chose le retenait, une peur qui lui était venue, à mesure qu'il grandissait : il ne voulait pas être atteint par les tribunaux, parce que cela le conduirait aux compagnies de discipline, au batt' d'Aff, dont des copains, revenus à Paris, lui avaient conté les misères.

Faire campagne sous un soleil torride, dans des déserts sans marchands de vin, sous les ordres de sous-officiers enragés, contre des sauvages qui torturent leurs prisonniers, flûte !

Il préférait une bonne garnison continentale, où on traînaillait le soir, à travers les faubourgs peuplés de gamines en cheveux, sans soucis, ni batailles.

— Tu n'as pas de cœur, lui reprochaient les autres, quand il leur exprimait cette opinion.

— Possible, répondait-il mais j'ai une peau, et j'y tiens.

— On ne meurt pas plus là-bas qu'ici.

— On y meurt plus désagréablement.

— Tu finiras dans la rousse.

— Ça vaut encore mieux que d'être rôti à petit feu par des nègres, ou que d'attraper le choléra au Tonkin.

Bref! il rusa, longeant les lisières du Code, durant six années, sans franchir la ligne dangereuse.

Il conservait du reste, en l'embellissant, son cynisme gouailleur, et perdait les derniers scrupules que l'école primaire, fréquentée un instant, avait pu lui inculquer.

Il se réservait simplement, dès qu'un képi d'agent se montrait un peu trop proche.

Il arriva ainsi à l'âge de la conscription.

Le recrutement l'envoya à Reims.

Reims, c'était presque la Villette avec ses usines, ses rues populeuses, son intensité ouvrière.

Il y accomplit son congé sans grave aventure, fourré dedans d'une manière continue, n'allant jamais jusqu'aux choses qui conduisent à Biribi.

L'Algérie continuait d'être son cauchemar et sa sauvegarde.

Quand un de ses chefs avait un renseignement à fournir sur son compte, il disait seulement:

— Mauvais soldat.

Il portait ainsi l'uniforme à la même époque que Léon Olivier, car ils appartenaient à une classe près, Loisot étant l'aîné.

La mère lui envoyait, par-ci, par-là, après un coup de chance, une pièce de cent sous, qu'il se hâtait de casser dans les cabarets de la cité champenoise.

C'était à ces occasions qu'il recueillait généralement de la boîte.

— Loisot a reçu un mandat.

— On va s'amuser...

— Et on couchera au bloc.

Une fois même, il eut une querelle avec des civils, où il dégaîna. Ce fut sa pire histoire. Il s'en tira néanmoins, sans attraper ce qu'il méritait, car les civils ne parvinrent pas à le reconnaître particulièrement, ayant écopé de plusieurs mains.

Toutefois, lorsqu'il eut sa feuille de route, il ne s'attarda point en province.

Par le premier train, il regagna la capitale, sa patrie, la vraie.

Depuis un trimestre, Mélanie ne lui avait guère écrit, et il avait compris, à travers la piteuse orthographe des lettres précédentes, qu'un événement important avait dû se produire dans l'existence maternelle.

L'événement s'appelait Jean Pertane.

La rôdeuse avait su capter le gribanier, enchaîner cet ours flamand aux allures rogues, le

domestiquer à ses fantaisies au point de le conduire au mariage.

— Comment, s'écria Gustave, je vais avoir
enfin un papa, et tu ne me le présentes pas ?

— Laisse faire. J'ai mon plan.

Elle l'accomplit.

Un beau matin, le jeune homme monta sur
la *Delle-Emilie* pour n'en pas redescendre.

— Avais-je raison ? lui demanda la mère.
Il répondit :

— Pour une fois que tu t'occupes de moi, tu
n'as pas été trop maladroite.

— Au moins, sauras-tu en profiter ?

— Ne t'inquiètes pas. Tu m'as ouvert la maison. Le reste regarde Tatave.

Tatave était le nom qu'il portait, chez les
mastroquets, parmi les camarades, et dans l'in-
timité.

II

HORS DE LA PLACE

Le reste, c'était Lucie !...

Cela a déjà été dit : il voulut d'abord se l'at-
tacher par un coup d'audace, et il l'assaillit.

L'expérience qu'il avait acquise de la vertu
des filles, dans ses voyages autour des diverses

barrières, lui avait inspiré ce procédé comme
le meilleur, étant le plus commode et le plus
expéditif.

— Une femme, disait-on là-bas, ne résiste
jamais, quand on y apporte un peu de toupet.

— Il en est pourtant de sages?

— Des poseuses ou des gnoles.

— Mais, avec celles-là?

— Ça réussit mieux encore.

Erreur! Ça ne réussit guère avec la nièce
du gribanier, qui n'était ni niaise, ni mijaurée,
mais simplement volontaire, courageuse et
honnête.

Quant à la guerre hypocrite qui avait suc-
cédé à l'attaque, elle n'aboutissait qu'à exas-
pérer les nerfs de la victime, ces nerfs qui la
rendaient très forte.

Tout autre que Tatave aurait peut-être compris qu'on n'attrape point de pareils caractères
avec du vinaigre, qu'il y a des créatures dont
la fierté naturelle est la principale sauvegarde,
et qu'en présence de ces exceptions l'apparence
de la soumission mène mieux à la domination
finale.

Le fils de Mélanie Loisot ne l'admettait pas
ainsi, d'abord parce que cela le sortait de ses
principes, ensuite parce qu'il avait son amour-
propre particulier.

Il le poussait si loin que, lorsque sa mère le
questionnait, il lui cachait ses mécomptes.

— Comment va ta conquête ? demandait-elle parfois.

— Très bien.

— Je ne m'en douterais pas.

— Pourquoi ?

— La petite n'a pas l'air de rechercher ta société.

— C'est qu'elle la trouve sans cela.

— Elle ne cause guère de toi.

— C'est qu'elle y pense.

— Elle n'est point aimable avec moi.

— C'est qu'elle te considère déjà comme sa belle-mère.

— Enfin, nous avons le temps.

— La *Belle-Emilie* n'est pas grande.

— Et nous y sommes trois contre une.

— Tu comptes sur l'oncle ?

— Absolument. Il me gobe, ce marin d'eau douce. Je suis sûr qu'il se chargera lui-même du mariage.

— J'y aiderai.

Elle crut qu'elle avait fait le principal, le jour où leurs bans furent affichés à Soisy-sous-Etiolles, où ils avaient loué un pied à terre.

Elle fut certaine de triompher, quand le maire eut assuré sa propre situation.

En sortant de l'église, où elle avait audacieusement exhibé la fleur d'oranger, n'ayant rien à craindre de la malignité locale, les indigènes se désintéressant d'une cérémonie entre étrangers, elle cligna de l'œil vers Gustave et Lucie, garçon et fille d'honneur :

— Le joli couple qu'ils feraient, insinua-t-elle à son époux.

— On verra voir, répondit-il.

Son adhésion n'était plus qu'une affaire de patience.

L'apparition de Léon gâta tout.

Toujours en méfiance, elle avait entendu de quelle voix sa belle-fille saluait le jeune gabelou, au passage du Pont-National.

Dès qu'elle regagna la cabine, elle exigea une explication.

Lucie, heureuse au fond de lui déplaire, la fournit sans réticences. Elle raconta comment elle avait connu Olivier. Elle convint qu'il ne lui déplaisait point. Toutefois, elle affirma hautement qu'il n'y avait rien eu, qu'il n'y aurait probablement jamais rien entre eux.

— Vous savez les idées de mon oncle. Il n'en changera point. Je préfère me résigner.

— On dit ça.

Désormais, la mégère était fixée. Il existait un obstacle réel. Elle arriverait à le tourner.

Aussi surveilla-t-elle sa belle-fille, dès que la gribane fut amarrée.

C'est ainsi qu'elle troubla la première entrevue qu'elle eut avec son employé d'octroi, sur le quai.

C'est ainsi que Gustave, prévenu aussitôt, termina la seconde par un esclandre où éclata toute sa façon.

La conversation en famille allait clore l'incident, dont elle se félicitait après examen, puisqu'il brusquait les choses.

Hélas ! Tatave, moins prudent, avait commis la suprême faute de précipiter son rival à la rivière. A présent, les combinaisons s'écroulaient, car elle ne se méprenait pas au ton du père Pertane. Il ne réembarquerait de sitôt celui qui l'avait fait traîner devant la police, entre quatre sergents de ville, sous l'inculpation muette d'un meurtre. Elle l'avait poussé à bien des délits ; un crime le révoltait encore. Mieux valait éloigner elle-même le coupable, avant qu'il reparût.

Certainement qu'il rôdait dans les environs.

Elle le découvrit rue des Nonnains-d'Hyères, dans un hôtel borgne, où il avait passé la nuit.

Il fumait une cigarette à l'entrée d'un corridor, près du seuil, guettant les passants.

— Eh ! la mère, appela-t-il.

— C'est toi. Il faut que je te parle.

— Je m'en doute. Montons chez moi. Nous y serons tranquilles.

Le domicile nouveau de Tatave était un horrible cabinet, donnant sur le puisard d'une cour lépreuse, d'où émanaient des relents suffocants.

On y accédait par un escalier dont les degrés de pierre portaient l'usure de dix générations.

— Ça n'est pas joli, fit le locataire, mais ça vaut mieux que rien. Exécute-toi, maintenant.

Elle était rendue plus aigre encore par ce milieu, qui lui rappelait un passé de misère, son passé. Elle commença par tomber durement sur l'incorrigible.

Ils tinrent là un conseil qui ressembla à une algarade.

Elle s'acheva pourtant sur un diapason plus calme, des injures ne changeant rien aux choses.

En reconduisant Mélanie Loisot jusque sur le trottoir, Gustave avait meilleure mine. Il savait que son méfait n'entraînerait pas de suites judiciaires. Ceci encourageait de nouvelles espérances.

Puis, dans son gousset, quinze beaux louis d'or sonnaient.

Maman Ninie avait veillé aux peines de son petit Tatave.

Elle lui apportait ses économies de dix-huit mois écoulés en ménage, la gratte faite sur le budget de la *Belle-Émilie*, augmentée de cent francs filoutés au mari, dans le tiroir où il rangeait le produit de ses traversées.

Maman Ninie savait d'ailleurs qu'il ne gaspillerait point le magot, très résolu à reprendre ses trente-six métiers jusqu'au moment de remonter à bord.

Ça, c'était sa vraie besogne.

Il s'y mit sans perdre un instant.

Il s'embusqua au coin du quai des Célestins, de manière que nul ne pût quitter le bateau sans qu'il le sût.

Il surprit naturellement la fugue de Lucie, lorsqu'elle s'échappa pour courir rue des Vignolles, pour consoler Léon, et pour jurer l'éternelle fidélité.

— Tiens, tiens, fit-il, la pie me mène au nid.

Alors il la pista, mais avec une prudence de jaloux, se dissimulant dans l'encoignure des portes, se perdant à travers la foule, évitant en un mot d'être remarqué.

Comme la proie s'enfonçait dans les faubourgs, il murmura :

— Le galant n'habite pas les Champs-Elysées.

Quand Lucie pénétra dans l'immeuble énorme du passage Savart, il fut définitivement rassuré.

— Je serais bien bête si, sur les cinq cents qui perchent là-dedans, je ne me faisais pas un ami.

Mais, comme il ignorait que Léon fût emprisonné par la maladie, comme il était dangereux de s'exposer à sa rencontre, il quitta la place, et se contenta d'espionner, de la boutique d'un bar, en face du passage.

Il suivit de nouveau la jeune fille, au retour.

Il ne la quitta qu'après s'être assuré qu'elle avait regagné la bélandre.

Il s'accouda alors, un instant, sur le parapet, fixant la maisonnette de planches aux volets verts, dont une lueur filtrait.

L'agent, qui montait la garde devant le poste de police, ne le remarqua même pas, tant il était dans l'ombre.

Il marmottait :

— On m'a fichu dehors, on m'a chassé comme un chien; mais l'autre n'est point près de me remplacer, Lucie la Brune. Retournez en Bourgogne. J'aime mieux rester ici. Le gabelou s'ennuierait, tout seul.

Un quart d'heure après, il s'éloignait, par la rue Saint-Paul, dans le quartier ancien, bâti d'immeubles séculaires, aux physionomies sinistres.

Le lendemain, à l'aube, un remorqueur emmena la *Belle-Émilie* vers la campagne renaissante, vers les canaux de l'est, vers les côteaux où le printemps allait mûrir sur les ceps le bon raisin des vendanges prochaines.

III

INVESTISSEMENT

— Je me charge de la fille, avait recommandé Mélanie Loisot ; charge-toi du gars !...

Ceci n'était pas exceptionnellement compliqué.

Il suffisait de se mettre au courant de la vie intime du jeune homme, et d'y participer derrière quelqu'un dont on tirerait les ficelles.

Ayant son existence assurée pour un mois au moins, Gustave allait préparer ses batteries, qu'il surveillerait ensuite.

Il ne devait rien craindre du côté de Lucie, puisque l'oncle, décidé à ne plus se voir ennuyer, s'était vivement abouché avec un négociant en vins.

— Nous ne reviendrons pas à Paris même avant longtemps, lui avait affirmé maman Ninie. Le vieux aime mieux gagner peu, pourvu qu'il ne franchisse pas la barrière. Nous déchargerons à Charenton.

— A cause du gabelou?

— Et de toi aussi.

Donc, il avait du temps devant lui, pour manœuvrer,

Il retourna à Charonne, le surlendemain, calculant que c'était le jour où Olivier serait de service.

La concierge, auquel il s'adressa, lui fournit les renseignements.

— Vous avez un employé d'octroi, ici ?

— J'en ai plusieurs.

— Un qui a eu un accident en Seine, ces jours-ci ?

— Parfaitement. C'est M. Léon Olivier. Un brave cœur. Vous désirez le voir ?

— Il est chez lui ?

— Certes. Comment pourrait-il sortir, le malheureux ? Il est bien trop mal ? Le médecin de l'administration vient de descendre. Il ne répond de rien.

— Qu'est-ce qu'il a ?

— Je ne sais trop, une fièvre cérébrale, une bronchite, un tas de vilaines choses.

Au même moment, le judas de la loge s'ouvrit, un bras passa, une clef fut déposée.

— Tenez, reprit la concierge, voilà justement qu'on me tend sa clef. Si vous la voulez...

— Inutile. Il a donc une parente qui le veille ?

— Pas du tout ! Il est orphelin. Si le père Milard n'envoyait Catherine m'aider à le soigner, il faudrait l'emporter à l'hôpital. D'ailleurs, dès qu'il sera transportable, il ira à Tenon.

— Qu'est-ce que le père Milard ?

9

— Son marchand de vins.

— Bien. Merci, madame. Je reviendrai prendre de ses nouvelles. Mon frère est son collègue.

Pour rendre la phrase plus vraisemblable, Gustave avait remplacé sa cote par un veston et sa casquette par un chapeau rond.

Il se rendit droit chez Milard.

Dans le comptoir, celui-ci trônait, le dos à la glace, le ventre en avant, versant des consommations à un groupe d'ouvriers qui bavardaient.

Il s'approcha.

On causait précisément de Léon, dont l'aventure continuait à occuper le quartier.

— Comment va-t-il ? demanda le débitant à Catherine.

— Toujours pareil, répondit-elle.

Gustave la regarda.

Elle avait la figure retournée, les yeux boursouflés, un air qui ne pouvait tromper Tatave sur l'intérêt qu'elle portait au patient.

— J'ai mon plan, maintenant, pensa-t-il.

Et il revint le soir dans la boutique, y commanda un souper, se mit à veiller de près la servante.

Pas de doute !... Elle était la maîtresse de Léon, et elle le lui avouerait bientôt.

Ce point acquis, l'entraîner dans son jeu était un enfantillage.

D'ailleurs, au deuxième dîner qu'il prit, il engagea la conversation sans difficulté.

A sa table, tous les clients connaissaient sa victime. Ils désiraient savoir ce qu'elle devenait, dans son lit, là-haut. Catherine les éclaira aussitôt.

— Il a passé une nuit atroce. J'ai cru qu'il ne se réveillerait pas.

— Tu as donc couché près de lui?

Elle haussa les épaules.

— Vous êtes ridicules. Je suis restée, avec la concierge, jusqu'à deux heures du matin. Quand il s'est calmé, je suis allée dormir.

Un loustic lui souffla :

— Alors, interrompu, ton béguin?...

Elle laissa dire.

Gustave, lui, traînant devant un café, attendait que l'établissement devînt désert.

Comme Catherine se dirigeait vers la porte, il l'interpella :

— Pardon, mademoiselle, c'est ce jeune homme, qui a failli se noyer, que vous soignez?

Elle avait constaté qu'il se tenait convenablement, ne se mêlant pas aux autres groupes pour faire des réflexions absurdes. Il semblait satisfaire une curiosité sympathique. Elle lui raconta l'aventure d'une voix émue, son inclination pour le gabelou, l'accident, la crise, l'enlèvement prochain pour l'hôpital.

— Vous comprenez, on a beau y mettre du dévouement. Il faut une surveillance sérieuse. N'importe, ça nous fait du chagrin à tous de le voir partir. On l'emmène demain.

— C'est votre bon ami ?

Elle rougit.

— Un peu ; pas tout à fait. Mais excusez-moi, je vais là-bas.

Elle s'enfuit.

Gustave hésita, la réticence dérangeait ses prévisions. Puis, il s'en moqua. Qu'il y eût, entre Léon et Catherine, des liens plus ou moins intimes, ça ne l'empêcherait pas de se servir de cette dernière, car elle aimait assurément le malade.

Il eut soin de se trouver passage Savart, quand la voiture municipale s'y présenta. Un attroupement s'était formé, autour du véhicule bas, de l'omnibus sanitaire, aux vitraux dépolis, d'où étaient sortis un infirmier, un brancard et une boîte de médicaments. Les mêmes commères jacassaient, dans les mêmes termes que lors de l'arrivée du fiacre, où le sergent de ville accompagnait Léon.

— Hein, le sergot qui disait que ce serait l'affaire d'un verre de cognac !

— Est-ce que la police sait quelque chose ?...

— Est-ce qu'elle guérit les gens ?

— Au contraire.

— C'est comme à l'hôpital du reste ; on y entre,

c'est sûr, mais on n'en sort souvent que les pieds devant. Les pauvres paient pour les riches. Malheur !...

Un maçon en blouse blanche observa :

— Encore, celui-là appartient à l'administration, on s'en inquiète. Nous, on nous laisserait crever comme des chiens.

La tirade fut interrompue par la présence du commis ambulant, ou plutôt par ce qu'on en devinait, sous une toile grossière, ballottée par des porteurs. Le brancard se glissa dans la voiture. La portière se referma. En route !

Sur le seuil du corridor, Catherine, appuyée contre la muraille, sanglotait à pierre fendre, autant que si c'eût été un corbillard qui s'éloignât.

Gustave la contempla un instant, le front dans son tablier, secouant sa forte poitrine, les cheveux collés sur les tempes, lamentable.

On était un vendredi.

— A dimanche, murmura-t-il.

Et il se présenta chez Milard, le dit jour, vers onze heures, pour déjeuner.

Catherine semblait plus gaie. Elle était débarbouillée, frisée légèrement, habillée de son mieux. Les plats filaient vite, entre ses doigts, de la cuisine aux clients. Un extra la suppléait. Vers midi, elle se déroba.

Comptant sur cela, il avait réglé. Rapidement il s'aposta rue des Vignolles.

La jeune fille vint, cinq minutes après, coiffée d'un chapeau de feutre à plumes, bien sanglée dans son corsage, un mantelet aux épaulés.

— Où courez-vous donc, mademoiselle?...

— C'est vous!... Je vais voir notre malade à Tenon.

— Me permettez-vous de vous accompagner?... J'ai aussi un camarade à y visiter. Nous ferions chemin ensemble.

N'y voyant pas malice, elle accepta, et ils partirent ensemble, vers Ménilmontant.

IV

D'ACCORD

Quand elle sortit de l'établissement énorme, au coup de trois heures, dans un flot qu'assiégeaient les marchands à la voiture, elle retrouva Gustave fumant, les mains dans ses poches, devant la mairie du 20ᵉ arrondissement.

— Vous m'attendiez? demanda-t-elle.

— Oui, j'ai quitté mon camarade tout à l'heure, pour vous revoir. Ce que vous m'avez raconté de M. Olivier m'a intéressé. Comment va-t-il?

Elle s'était confessée en effet, tandis qu'ils marchaient côte à côte.

Le fils de Mélanie était une canaille fieffée, mais pas sotte. Il aurait peut-être pu faire quelque chose de bien, si ses instincts ne l'eussent jeté de l'autre côté de la société. Puis, il savait comment on provoque un bavardage de femme, lorsqu'une amourette tient la personne. Catherine, nature peu compliquée, avait très volontiers raconté ses chagrins.

Certes, elle ne se souvenait pas comment cela lui était venu. Dans les premiers temps, elle ne songeait guère à Léon, simple charretier, peu communicatif, pas du tout galant. Peu à peu, elle avait été séduite par ses façons honnêtes. Néanmoins, sans la nomination à l'octroi, elle n'aurait sans doute pas insisté. L'événement l'avait décidée.

Elle rêva toujours d'un homme rangé, gagnant un salaire sûr, et qui ne la battrait jamais.

Ses parents étaient de pauvres métayers beaucerons. Ils l'avaient élevée pour être en condition. Mais elle s'attendrissait déjà, à seize ans, rien qu'en voyant un rat-de-cave, un appariteur ou un gendarme.

Voilà pourquoi elle s'était prise d'affection pour le gabelou.

Elle oublia d'ailleurs de raconter deux ou trois aventures qu'elle avait eues, comme aussi de parler de la personne trouvée, l'autre soir, au chevet du jeune homme.

Gustave en savait assez. Il jugeait la demoiselle rustre, coquette et vaniteuse. Elle lui appartenait.

— Puis, ajouta-t-il, ce que vous m'avez dit m'a attendri. Délire-t-il toujours?

— Moins. Il m'a reconnue. Mais la nuit avait été mauvaise. L'infirmière me l'a raconté.

— Il a été aimable avec vous, hein?

Elle se renferma :

— Oh ! si peu.

— Pour un employé, il est bien difficile, s'il boude une demoiselle comme vous. Car vous êtes travailleuse, sage, et très gentille. Je voudrais être à sa place, moi.

— Allez-vous me faire la cour?

— La cour à la bonne amie d'un malade, fi !

— Bonne amie, bonne amie !...

Il la poussa.

— Je ne vous demande pas vos affaires. Ça ne me regarde point. Pourtant...

Elle se révolta.

— Puisque je vous jure qu'il n'y a rien entre nous.

— Rien, absolument rien?

Elle éclata.

— Rien, rien, rien.

Et son dépit creva, d'un coup, brutalement.

— C'est comme ça. Je suis toujours complaisante avec lui, toujours aux petits soins, et il ne s'en aperçoit pas. C'est aussi qu'il est occupé ailleurs. J'ai interrogé la surveillante. Il a appelé tout le temps une certaine Lucie, que j'ai rencontrée chez lui. Il ne pense qu'à elle. Il parlait de Péronne, de la Somme, du Pont-National, du Port-Saint-Paul, de la *Belle-Emilie*. Je ne sais ce que cela veut dire, mais je comprends qu'il n'aime que celle-là, une gueuse probablement, qui le trompe, qui se moque de lui. Ah ! si je la connaissais !

Gustave prit un air inquiet.

— Lucie, avez-vous dit ?

— Oui, Lucie, Lucie Barbane, Bourdane, Berlanne, un nom comme ça. La surveillante ne l'a pas retenu.

Il feignit de chercher.

— Lucie Pertane, peut-être ?

Elle s'écria :

— C'est cela ; vous savez qui ?

Il lui empoigna le bras.

— C'est ma promise.

— Hein ?

— Parfaitement, ma promise et ma cousine.

Catherine eut peur d'avoir commis une bêtise. Elle n'était pas méchante, au fond. Qu'est-ce qu'elle avait donc fait ? Comment aussi aurait-elle pu se douter que le consommateur de Millard était un parent, le futur de sa rivale inconnue? Ces coïncidences n'arrivent que dans les romans.

— Votre cousine, excusa-t-elle, je ne savais pas. Je suis désolée. Du reste, je me trompe sans doute ; ce n'est pas ce nom.

— Au contraire, c'est le nom, j'en suis sûr. Je me méfiais aussi qu'elle eût quelqu'un. Vous m'avez rendu un vrai service. Maintenant, je vais m'en arranger.

Elle craignit des ennuis pour Léon.

— Allons donc, déclara-t-il, jamais de la vie. Je tâcherai seulement de savoir la vérité. Voulez-vous m'aider ?

— Moi, en quoi ?

— Vous désirez être Mme Olivier. Je ne demande que ça. Si nous nous entendons, vous verrez que cela se préparera.

— Vous pensez ?

— J'en suis certain.

Il expliqua son projet.

Quand ils se séparèrent, ils étaient d'accord.

Le jeudi suivant, Gustave veillait de nouveau à la porte de l'hôpital.

Catherine alla droit à lui, souriante.

— Vous avez réussi ?

— A moitié. Je me suis mise à sa disposition. Il ne m'a pas refusée. Dimanche, je le reverrai.

Le dimanche, Gustave était toujours là.

Catherine se précipita.

— Ça y est ? fit-il.

— Oui.

— Il vous charge de rechercher sa connaissance?

— Sans hésiter. Il a paru même très heureux. D'abord, ça l'étonnait, J'ai pris une mine naturelle, je lui ai fait des compliments de la personne, je lui en ai dit tout le bien possible. Alors, il m'a donné, pour elle, une lettre à mettre à la poste.

— Montrez.

Elle sortit une enveloppe, au nom de Pertane, sans adresse.

— Seulement, il faut que je trouve à présent la *Belle-Emilie*. Il m'a dit de me rendre au service de la navigation, et de demander où est parti le bateau. Allons-y !

— Inutile, les bureaux sont fermés, aujourd'hui. Vous devrez attendre à demain.

— C'est que demain...

— A moins, proposa-t-il doucement, que vous ne consentiez à me charger de la commission.

Il tendit la main.

Elle eut une hésitation.

— C'est grave, cela. Une lettre !

Il haussa les épaules.

— Vous avez peur que je la déchire?

— Dame !

— Je ne suis pas si bête que ça. Ma cousine finira toujours par revenir à Paris. Je tiens simplement à la lire, afin de voir où ils en sont. Nous aviserons ensemble après. Je vous en causerai.

Catherine livra la missive.

Quand, le lendemain, Gustave vint déjeuner chez Milard, il la rassura :

— C'est moins avancé que nous ne pensions. Ça s'accrochera, soyez-en sûre. Mais ne parlez pas de moi à M. Olivier, surtout !

— Êtez-vous fou ?

— Nous nous inviterons, vous verrez, dans six mois, à nos deux noces.

Rouge de plaisir, la servante regagna la cuisine, en se trémoussant, tandis que Gustave rentrait vivement rue des Nonnains-d'Hyères, où une vingtaine d'enveloppes étaient griffonnées à l'adresse de Léon, en face de quelques lignes de l'écriture de Lucie.

Le lendemain, l'infirmière en apporta une au malade, sur son lit.

Fébrile, il la déchira, ayant reconnu la main d'une femme, de la seule qui pût correspondre avec lui.

Puis il retomba, effaré, les yeux béants, sur l'oreiller.

L'enveloppe ne contenait que sa lettre, sa belle lettre d'amour, qu'on lui renvoyait, sans un mot.

V

LE VINGT-QUATRE

— Qu'a donc eu hier le vingt-quatre ? demanda le docteur, en passant sa visite du matin, à travers les lits de fer, dans la salle aux vastes baies où entrait le soleil.

— Je ne sais, monsieur, fit la surveillante. Ça lui a pris quand on lui a eu apporté une lettre.

— Une lettre ?... Montrez.

— Elle doit être sous son traversin.

Le médecin fouilla, découvrit le document, reconnut une écriture féminine.

— Parfait, murmura-t-il. Une histoire d'amour, c'est excellent pour rallumer la fièvre. Vous ne remettrez pas de courrier à ce malade, avant que je ne vous le permette.

— Bien, monsieur.

Léon Olivier avait été ressaisi par le délire dans la nuit. Ses lèvres sèches, craquelées, appelaient une absente, la même, toujours. Il fallut lui réimposer le traitement sévère du début, après avoir espéré en la guérison.

Durant une semaine, il divagua ainsi.

Puis la raison revint.

Alors il se rappela les choses.

Hélas, mieux eût valu continuer à ne rien voir, rien entendre, rien penser. La douleur possédait ses charmes, puisqu'il lui permettait de vivre dans un rêve perpétuel, auprès de Lucie. Maintenant, il fallait revenir à la réalité, se dire que leur amour était clos, songer à ce brutal congé, à cette réexpédition de la missive, en laquelle il avait exprimé tout son cœur.

Car il ne pouvait juger autrement.

On refusait même de correspondre avec lui!...

C'en était trop.

Il crut à ce moment que sa misère venait de Catherine rencontrée dans sa chambre par la nièce de Jean Pertane, à l'instant même où il la couvrait de baisers.

Il en tint rigueur à la servante.

Il lui fit triste mine.

Il dut bientôt capituler.

Qui donc aurait consenti à lui servir d'intermédiaire? Par ordre, la plume, le papier, l'encre lui étaient défendus. On lui avoua même qu'il ne recevrait pas les nouvelles du dehors. Il griffonna au crayon, en fraude, comme un enfant, des billets fous qu'il remit à la visiteuse.

— Ce sont de bizarres commissions que je vous donne, excusa-t-il.

Elle répondit :

— Du moment que ça vous oblige, je ne demande pas mieux.

— Vous me trouvez bien sot.

— Quand on aime quelqu'un on ne s'étonne de rien. Seulement, j'ai peur que vous soyez trompé dans votre affection. Moi, si j'avais un ami à l'hôpital, je ne m'en passerais pas, je perdrais ma place, je viendrais d'abord le voir. C'est au moins mon opinion.

— Toutes les jeunes filles ne jouissent pas de leur liberté. Voici un mot pour la concierge. Elle vous remettra ce qui arrivera chez moi. Vous me l'apporterez.

— Je vous le promets.

Et elle passait le paquet à Gustave.

Et Gustave continuait à travailler dur les autographes de sa cousine.

Et il avait soin de ne jamais retourner trop vite les suppliques à leur auteur, les laissant s'accumuler.

C'était Mélanie, avec laquelle il demeurait en rapports, qui se chargeait de mettre les enveloppes à la poste, dans les pays où stoppait la *Belle-Émilie*, pour que le cachet du bureau expéditionnaire ne révélât point la supercherie.

Un mois durant, le vingt-quatre fut désolé ainsi, par la méprisante indifférence de Lucie.

Ensuite, Gustave entreprit le deuxième acte de sa comédie.

Il assassina la demoiselle d'épîtres enflam-
mées.

Dans ces confessions épistolaires, il s'excu-
sait de ne pouvoir se laver auprès d'elle de
l'horrible accusation dont il était l'objet. Il
n'avait nullement poussé le gabelou à la rivière.
C'est une aventure malheureuse, dont il ne
s'était point mêlé. D'ailleurs elle pouvait interroger sa mère, qui savait la vérité tout entière.

— Il faudra bien, estimait-il, qu'elle me ré-
ponde quelque mauvais compliment. Nous ri-
rons après.

Quant à Catherine, si peu futée qu'elle fût,
elle comprenait à merveille combien les avan-
tages de sa rivale diminuaient. A chaque visite,
le visage de Léon semblait plus triste, lorsqu'il
lui passait sournoisement la missive coutu-
mière. Il se produisait certainement du nouveau.

— Qu'a donc inventé M. Gustave? se disait-
elle.

Bah! peu importait, puisque le jeune homme
ne soupçonnait rien.

Au contraire, il semblait s'amadouer avec
elle, reconnaissant de son muet dévouement.

Allait-il lui en vouloir de la méchanceté d'une
autre, à elle qui s'empressait pour lui être
agréable, pour lui faciliter son insistance, à
elle qui apportait fidèlement les billets et les
remportait de même?

Ç'aurait été de la cruauté.

Puis, sitôt qu'on souffre par une femme, on est disposé à s'attendrir aux amabilités d'une autre.

Prisonnier à Tenon, cloué sur sa couche, surveillé de près, Olivier n'aurait pu supporter un pareil sort, si Catherine n'était venue distraire, deux fois par semaine, la monotonie d'une cure interminable.

— Vous faites attention au vingt-quatre ? questionnait toujours le médecin.

— Comme à moi-même, répliquait l'infirmière.

Mais elle se gardait scrupuleusement de signaler la présence bi-hebdomadaire de la bonne à Millard, car elle aurait dû avouer qu'elle en recevait, par ci, par là, une douceur, une friandise, un pourboire, menues gracieusetés sévèrement interdites par le règlement de l'administration.

Du reste, rien de mal ne se produisait, puisque le vingt-quatre guérissait.

Ce fut long. La secousse avait été si vive, qu'une convalescence sérieuse s'imposait. Léon ne se leva que vers la fin du second mois. Encore était-il bien faible.

Il alla tout de suite à la fenêtre, dans ce besoin d'air, de lumière, de gaieté extérieure qui suit les claustrations.

Il put aussi nouer connaissance avec ses voi-

sins, des ouvriers, des employés, des travailleurs comme lui, réunis là par la misère.

Enfin, le cinquantième jour, le docteur signa
sa pancarte.

— Vous êtes revenu de loin, mon garçon, lui
affirma-t-il. J'ai beaucoup de peine à croire que
vous puissiez reprendre votre service avant
trois semaines. Vous êtes à l'octroi, n'est-ce
pas ?

— Oui, monsieur.

— Eh bien, demandez un congé, et reposez-
vous un peu à Vincennes.

— Je vous remercie, mais, comme on nous
paye nos appointements, pendant la maladie, je
préfère gagner mon argent.

— A votre idée.

Il rentra rue des Vignolles, où une ovation
lui fut faite, chez le traiteur.

Les clients, qui l'avaient pourtant presque
oublié, parurent tous ravis de sa résurrection.

— Hein, mon vieux, vous voilà sur pied.

— Pas belle, la vie d'hôpital.

— On s'y embête.

— On s'y restaure aussi, rectifia-t-il.

Il se serait reproché de médire d'un lieu où il
avait retrouvé la santé.

Puis, comme Catherine semblait très heureuse, un habitué observa :

— Vous devez une jolie chandelle à cette
charmante enfant. Ce que vous lui avez tourné

la tête. Elle allongeait ses sauces à pleurer dedans, pendant votre absence.

Il sourit :

— Mademoiselle a été comme une sœur pour moi. Je m'en souviendrai.

Une sœur !... C'était déjà cela. La servante s'éloigna, ravie.

Quand Olivier regagna son domicile, la concierge le héla.

— J'ai une lettre pour vous.

Il s'en empara.

Tout de suite, au toucher, il s'aperçut que ce n'était point la sienne qui rentrait, ainsi que les autres fois.

Il escalada les étages, pour lire ce bienheureux envoi, arrivé le soir même de son élargissement.

Il était court.

Il disait :

« Monsieur,

» J'en ai assez de vos correspondances. J'y réponds, pour en finir. Si vous continuez à me poursuivre, je serai forcée de m'adresser à mon oncle. A vous de voir si cette déclaration vous suffit.

» Lucie PERTANE. »

Léon n'était pas encore cuirassé par les rebuffades subies. Un écroulement s'opéra en

lui. Il tomba sur une chaise, les bras ballants,
les jambes rompues, trop faible pour se révol-
ter, mais désespéré à se dire qu'il aurait mieux
valu mourir sur le lit n° 24 que de supporter un
pareil coup.

VI

PAR MESURE DE RIGUEUR

Ceci le décida. Lucie le repoussait, Lucie refusait de demeurer en rapports avec lui, Lucie
devenait muette et invisible. C'en était trop!... Il
défendrait son bonheur jusqu'au bout, quoiqu'il
arrivât, par n'importe quel moyen, car il était
sûr qu'une heure de conversation avec elle ré-
tablirait les choses.

Que lui proposait-on d'aller en convalescence
à Vincennes ?

Son mal était en son âme plutôt qu'en son
corps. Il lui fallait d'abord revoir la nièce du
gribanier. Le reste viendrait ensuite.

Alors, sans attendre quarante-huit heures, il
se rendit, dès le lendemain, auprès de l'inspecteur, pour lui demander à reprendre le service.

C'est la première consigne qui incombe au

commis d'octroi, quand il a interrompu sa besogne.

On lui règle intégralement son salaire, pourvu que la maladie cause le chômage.

Mais on ne le laisse pas retourner au poste ancien, avant d'avoir reçu l'ordre de cet agent supérieur.

Quand on lui annonca Léon Olivier, ce fonctionnaire important était très absorbé par la confection d'une douzaine de cigarettes. Sur le bureau, un paquet de tabac béait. Entre ses doigts, un moule fabriquait. D'une main délicate, il roulait, roulait le maryland dans le papier gommé.

— Faites attendre, dit-il, je suis occupé.

Le jeune homme patienta vingt minutes, puis fut introduit.

— C'est vous le commis ambulant Olivier? lui demanda-t-on.

— Lui-même, monsieur l'inspecteur.

— Vous êtes sorti de Tenon?

— Depuis hier.

— Vous venez pour un congé?

— Pas du tout.

— Ah!

— Je viens simplement pour savoir où l'administration veut m'envoyer.

L'inspecteur avait sous sa main un dossier. Il le feuilleta. Puis, fixant son subordonné:

— Drôle, l'affaire de votre accident.

— Pas pour moi, en tout cas.

— Ne plaisantez pas, s'il vous plaît. Vous êtes tombé à la Seine en sortant d'une péniche de fraudeur. Qu'y alliez-vous faire ?

— Je l'ai dit à la police : je profitais d'une course dans les environs pour prier le patron de ce bateau d'éviter de renouveler une irrégularité qui s'était commise au Pont-National, et qui avait valu une mise à pied à un camarade.

— C'est, en effet, l'explication que vous avez donnée. Elle vaut ce qu'elle vaut. Mais, puisque le commissaire n'a pas cru devoir suivre, je n'insisterai point. Seulement, vous comprenez, on ne peut plus vous envoyer à la patache, après cette histoire. Vous changerez de division.

Léon eut un éblouissement. On le déplaçait !... Allait-on le classer à la division du Nord, par exemple, là-bas, au diable, du côté de Saint-Ouen ou d'Aubervilliers, à une porte où il ne verrait que des camionneurs d'usine, et jamais l'eau, jamais la rivière, jamais la *Belle-Émilie*, jamais enfin un batelier qui le renseignât sur ceux qu'il cherchait !... Vrai, il ne s'attendait point à ce contre-temps, qui détruisait toutes ses espérances.

Il fit néanmoins bonne contenance.

La meilleure façon d'éviter, en semblable circonstance, un ordre désagréable consiste à ne point paraître le redouter.

— J'irai, déclara-t-il, où il vous plaira.

L'inspecteur le guettait, continuait à remuer ses paperasses, semblait réfléchir.

Il se décida :

— Que penseriez-vous de la division de l'Est ?

Le jeune homme se raffermit.

— Celle-là ou une autre...

— Eh bien, puisque vous êtes ainsi disposé, c'est entendu.

— Quelle porte, monsieur ?

— Celle de Bercy.

Ouf! Léon était sauvé. On le classait au seul endroit qu'il souhaitait, près de la Seine, près de la pataché d'amont, si près d'elle qu'il y serait encore. Une voix moqueuse le rappela à la réalité.

— Je crois devoir vous prévenir que vous ferez bien de marcher droit. Il y a là un brigadier d'élite. Ce ne sera point comme avant, où vous étiez presque libre.

— Peu m'importe. Je ne crains pas cela. Depuis que je suis dans l'administration, je n'ai pas eu une seule punition.

— C'est pourquoi je ne vous en dis pas davantage. Si vous étiez un mauvais employé, votre aventure aurait sans doute mal tourné. Contentez-vous de considérer ce déplacement comme une mesure de rigueur, la moins sévère qu'on puisse prendre, comme une mesure disciplinaire, en un mot. Jeudi vous vous présenterez à la barrière. Voici l'avis.

Léon salua et sortit.

Dehors, une joie immense l'envahit. Il regagna son logis d'un pas presque déluré. Et comme Catherine lui bavardait, au dîner, il lui débita des galanteries, tout en lui annonçant la nouvelle.

Une heure après, Gustave Loisot avait le renseignement.

Le jeudi, Léon arrivait à la porte de Bercy et s'abouchait avec le brigadier.

— C'est vous le nouveau? fit celui-ci. Je vous connais d'ailleurs. Vous étiez à la patache. Un métier de flâneur. Ici, ça vous déshabituera de ne rien faire. De six heures du matin à six heures du soir, il y a de quoi s'occuper. Quittez votre sabre et attendez votre tour de faction. Ce sera pour neuf heures.

— Compris, monsieur le brigadier.

Puis, comme il avait le temps devant lui, il alla au poste de la patache.

Le sous-brigadier l'y accueillit aimablement, s'intéressa à sa santé, eut un mot gracieux pour le consoler.

Pourtant, il crut devoir l'éclairer sur le compte de son chef.

— Le brigadier Gerfaut, lui expliqua-t-il, est une rosse, une véritable rosse. Il a déjà fait casser une douzaine d'employés et en a envoyé trois en cour d'assises pour des vols qui n'étaient pas bien prouvés, puisqu'on les a acquittés. Mon pauvre Olivier, vous étiez plus tranquille ici.

— Dame, sous-chef, je n'ai pas eu à choisir entre lui et vous, certainement.

— Ajoutez que Gerfaut est un coureur de jupons, un noceur fini. Puis il prête de l'argent au contrôleur, qui a la rage de jouer tous les jours aux courses, parce que son fils, un du service sédentaire, est au Pari-Mutuel. Comme l'autre ne le rembourse qu'en « tuyaux », il lui colle des notes superbes et le soutient à outrance auprès de l'inspecteur. Maintenant, je ne vous ai rien dit. Méfiez-vous !

— Naturellement.

— Vous avez eu en tout cas une jolie idée d'aller sur la *Belle-Émilie*.

— C'est une faute, soit !

— Les beaux yeux de la brunette?...

— Qui vous a raconté ?...

— Personne. J'ai deviné. On la connaît, dans le personnel.

Il eut sur la langue une question; il en posa une autre :

— Tribert est en Seine?

— Non, il est au repos aujourd'hui. Vous vouliez le voir?

— Nous étions copains.

— Parbleu!... Ce sera pour une autre fois. Vous êtes mon voisin, nous nous rencontrerons.

— Certes. Au plaisir, sous-chef!

— Et bonne chance!...

Olivier regagna le poste, une pièce nue, sale, sombre, dans le bâtiment construit entre la chaussée et la berge, à droite de la sortie de Paris, les bureaux de la recette occupant l'édicule de gauche, sous le glacis des fortifications.

— Vous voilà? exclama aussitôt Gerfaut.

— J'étais allé serrer la main à mon ancien sous-chef.

— Suffit. Je n'aime pas ces commérages, de division à division. Vous êtes ici, non ailleurs. Souvenez-vous-en. Du reste, j'ai reçu une note à votre sujet.

— Quelle note?

— Ça me regarde. Pas excellente, assurément. Vous avez failli vous noyer dans des conditions louches. On vous envoie à moi en disgrâce. J'ai pourtant assez de tireurs au flanc, sans qu'on change ma brigade en dépotoir. J'aurai l'œil. C'est votre tour, au pavé!...

Olivier ne répliqua point. Il sortit en compagnie d'un collègue. Une file interminable de haquets réclamait ses soins, alignée le long du trottoir, apportant la boisson d'une ville entière.

— Est-il dur!... lui dit le camarade.

— Il n'est pas engageant, en effet, répondit Léon.

— Voilà six mois que je suis avec lui. J'ai demandé à permuter. Personne ne veut s'en
mêler. Oh ! la mauvaise bête.

— On voit bien des gens vivre avec des animaux féroces. J'essaierai de m'habituer.

Cependant, malgré lui, il se retourna pour
revoir le terrible brigadier.

Il était sur la porte du poste, grand, maigre,
les traits creusés et frisant sa moustache rousse,
en suivant du regard une gamine échevelée
qui franchissait la barrière, un paquet sous le
bras, et la jupe retroussée haut.

VII

L'ATTENTE DU RETOUR

C'était sciemment que la direction lui avait
confié cette barrière, l'une des plus chargées
de Paris, la moins agréable, très certainement.

Depuis, en effet, que le commerce des vins
a reflué hors les murs, sur le territoire des
Magasins Généraux, des Carrières même, il n'a,
pour communiquer avec Paris, que la porte de
Charenton et celle de Bercy.

Aussi, rencontre-t-on là un encombrement
formidable, dont le public et le personnel sont
à la fois victimes.

A Bercy surtout, la situation est aiguë.

En chargeant Gerfaut d'y obvier, l'administration pensait bien qu'il finirait toujours par s'en tirer, ceux de son espèce n'étant point à s'émouvoir d'une réclamation, et celle-ci n'existant que si elle ose se formuler.

Le silence équivaut, en ces matières, à une solution.

En attendant, il y avait sur ce point une certaine brigade d'agents qui supportaient tout, considérés par leurs semblables comme des disciplinaires relégués en une sorte de Biribi.

C'est avec eux que Léon allait gagner son pain.

Ils étaient au nombre de treize, le jour, dont cinq en service de douze heures, et de huit la nuit, tous de vingt-quatre heures, dont quatre faisaient l'ambulance, c'est-à-dire erraient deux par deux, de la Seine à la porte de Romainville, du Pont-National à la rue de Belleville, le long des fortifications, avec deux heures d'un mauvais sommeil sur le lit de camp, menacés par les rôdeurs, taquinés par un contrôleur, un brigadier, un sous-brigadier.

Depuis l'instant où, à l'arrivée, ils signaient la feuille de présence, jusqu'à celui où, la corvée terminée, on les renvoyait chez eux, ils n'avaient guère de temps libre.

La vigie était d'une heure seulement, mais combien remplie !...

Il fallait, un à un, visiter les camions, goûter
liquide, manier la sonde, envoyer le charre-
er au brigadier, qui relevait la feuille, puis au
eyeur, qui encaissait les droits.

D'autres fois, la marchandise transitant sim-
ement, il y avait à organiser l'escorte.

Bref, quand Léon redescendit de faction
our réintégrer le poste, il avait pu apprécier
visu quelle différence existait entre son an-
enne tâche et la nouvelle.

La journée lui parut longue. Elle serait suivie
'autres encore, toujours pareilles. Ah ! pourvu
que Lucie lui permît au moins de prendre cou-
age !

La première chose à faire était de la décou-
if, et il comptait pour cela sur Tribert.

Celui-ci connaissait tellement sa clientèle de
mariniers qu'il lui fournirait tous les détails
nécessaires.

Le hasard voulut qu'une semaine s'écoulât,
ans qu'il pût mettre la main dessus.

Puis, quand ils se rencontrèrent, quand il
lui eut confié son chagrin, quand il eut subi
indiscrétion gênante de son affectueuse curio-
té, le vieux gabelou lui répondit :

— Mon pauvre ami, vous n'avez pas de
ance. La *Belle-Emilie* est partie avant-hier
ur la Bourgogne. Elle n'a de commande que
la maison Raidal et Cⁱᵉ, rue des Bordeaux,
rection. Elle reviendra en octobre, au plus

tôt. C'est l'employé du service de la navigation
qui me l'a annoncé.

— Vous en êtes sûr ?

— Comme de moi-même. Je suis le Pertane,
à cause de vous, car vous me paraissez à
plaindre. Vous devriez bien abandonner cette
fillette-là. Vous voyez qu'elle ne songe pas
beaucoup à vous.

— Mais je ne pense qu'à elle, moi. Merci,
camarade.

Il ne lui restait que le moyen de Tenon :
écrire.

Seulement, à quoi bon ?

Elle ne lui répondrait pas encore.

Puis il aurait fallu demander à Catherine de
lui expliquer la façon de faire parvenir sa missive, et il éprouvait maintenant une pudeur à
mêler la servante dans cette affaire.

Car, il commençait à s'en apercevoir, elle
avait un penchant pour lui, un penchant sérieux, qu'augmentaient leurs rapports quoti-
diens.

Elle qui, point bégueule, ne détestait pas
autrefois les plaisanteries des consommateurs
de Milard, affectait à présent de les écarter.

Quand l'un d'eux lui lançait un compliment,
elle faisait la sourde oreille.

Quand il s'aventurait en un attouchement,
elle le rembarrait très carrément.

Après quoi elle tournait la tête vers Olivier,

avec un sourire qui était un aveu, qui sollici-
tait un muet remerciement.

Ses gages, enfin, qu'elle dépensait jadis en
bamboches avec des amies, lorsqu'elle avait sa
sortie, arrivaient à peine désormais à satisfaire
aux besoins de coquetterie qui grandissaient
avec son affection.

Sans doute que le jeune employé lui en voulait de son aspect de campagnarde et qu'il
s'apitoyerait devant une Parisienne.

Le goût lui venait ainsi de ces menus colifi-
chets qui rendent la grisette désirable.

Toutefois, comme elle n'avait pas son ingé-
niosité, elle payait triple.

Elle en était récompensée par un mot de
Léon, qui se rapprochait naturellement, en
reconnaissance d'un effort dont il était la
cause.

— Vous aviez, dimanche, un chapeau qui
vous coiffait gentiment.

— N'est-ce pas ?... Et mon corsage !

— Parfait aussi.

— Alors, vous ne me trouvez pas trop ridicule?

— Je vous ai toujours vue fort gentille, au
contraire.

— Autant que les autres?

— Vous savez que je ne les regarde point.

Elle aurait préféré qu'il fût galant, volage,
coureur; ceci eût prouvé qu'il ne se morfon-

dait plus pour l'ennemie, et qu'il lui reviendrait ensuite.

Il rendait du reste justice à son zèle. S'il n'avait eu le cœur pris par l'oublieuse, il se serait probablement résigné. Malheureusement il ne trahirait pas son serment, lui!

Il se reprochait même les phrases aimables accordées à Catherine, et il eut un instant l'idée de déménager pour briser une relation qui se nouait sensiblement.

Charonne était loin de la porte de Bercy. Il trouverait facilement, dans le XIIe arrondissement, une autre chambre, un autre restaurateur, plus proches de son travail. Au moment de donner congé, le courage lui manqua.

C'était un tranquille, né pour le laisser-vivre des habitudes. Catherine finissait par lui constituer une amitié reposante, sinon davantage. Il sentit qu'elle lui manquerait, s'il brisait net.

La peur d'un isolement absolu, en face d'une peine absorbante, le fit demeurer passage Savart.

Et l'été s'écoula.

Bercé en sa douleur par les soins de sa voisine, rudoyé par les caprices de Gerfaut, le commis Olivier se contentait de ça, faute de mieux.

On ne lui avait pas menti : la gribane n'était point revenue.

Lorsque septembre parut, adoucissant les

heures de vigie, lourdes sous le soleil de plomb semant de feuilles mortes le boulevard Ponia‹ towsky, obscurcissant les soirées que désolait le sifflet douloureux du chemin de fer de Ceinture, le jeune homme comprit mieux les charmes de son existence, accueilli par la servante, pouvant s'attarder chez Milard en causeries presque familiales, jusqu'à l'instant de regagner son lit.

Qu'aurait-il fait de ses journées de repos, s'il n'avait connu personne, en ce Paris immense et indifférent aux solitaires ?

Et, peu à peu, la figure de Lucie s'éloignait, s'enfonçait dans une ombre, devenait confuse.

Les conseils reçus s'imposaient par contraste, les conseils de consolation et de remplacement.

Vraiment, c'était là un éternel amour, juré solennellement, au chevet de celui qui avait failli mourir pour l'adorée !

Même mécontente, surprise, croyant à l'apparence de la trahison, elle aurait bien dû au moins s'inquiéter de son rétablissement, puisqu'elle avait été la cause de son mal.

Oh ! l'ingrate.

Un soir, un camarade lui offrit trois places pour l'Ambigu.

Il voulut les donner à son traiteur.

— Vous savez, excusa Milard, que je ne puis quitter ma maison ainsi, avant minuit ; mais si

vous voulez conduire ma femme au théâtre, ça
lui fera plaisir.

— Il y a trois fauteuils.

— Emmenez quelqu'un.

Catherine avait entendu. Immobile, pâle, elle
le guettait, contre la colonne qui soutenait le
plafond. Une bonne pensée lui vint.

— Permettrez-vous à mademoiselle d'en être?

Le patron s'y attendait.

— Je ne demande pas mieux.

Elle n'eut pas une parole pour remercier,
tant elle était émue.

En un clin d'œil, elle disparut, monta à son
sixième, mit sa toilette la plus élégante, et redescendit avec madame Milard, une femme frêle,
chlorotique, sans cesse en vapeurs, et que son
mari, épris d'elle, obligeait à vivre dans leur ap-
partement, loin du comptoir, comme une dame.

Ils partirent.

Ce fut charmant.

On jouait un drame atroce, plein de coups de
couteau, de coupes empoisonnées, qui s'achevait sur le suicide d'une créature odieuse, et le
mariage d'une vierge encore plus angélique
qu'infortunée.

Tout le temps, Catherine regardait Léon, à
travers ses sourires, au milieu de ses larmes,
voulant à toute force qu'il assimilât leur histoire à celle des amoureux contrariés par les
auteurs.

Puis ils revinrent en fiacre, lui sur le strapontin, ce qui permit à la servante de glisser doucement sa jambe entre les siennes.

En se séparant, on trinqua.

Et Léon rêva de Catherine, la revit attisant son feu, les hanches hautes, en bonne ménagère.

Décidément, le bonheur n'est peut-être point toujours où on le cherche.

Le matin, lorsqu'il arriva à la porte de Bercy, il avait pu réfléchir encore à la jeune fille, un peu rustre, mais si laborieuse, et qui l'aimait réellement.

Il prit la vigie, moins triste que d'habitude.

Une voix le héla :

— Eh! Olivier.

Tribert, au poste de la patache, lui faisait signe.

Il s'approcha.

— Qu'y a-t-il, ami?

Le gabelou lui dit :

— Il y a du nouveau.

— Quoi donc?

— La *Belle-Emilie* est arrivée hier soir au port des Carrières.

Léon demeura tout bête, les dents serrées, sans remercier même le camarade, si bien que celui-ci marmotta :

— Je suis un imbécile!... J'aurais dû garder ça pour moi.

VIII

FIN DE NON-RECEVOIR

— Dites donc, vous, là-bas, quand vous aurez
fini de vous curer les ongles, vous penserez
sans doute qu'une voiture attend.

Le jeune homme était interpellé par Gerfaut
qui, la moustache hérissée, le timbre sonore,
l'empoignait à cinquante mètres.

— J'y vais, dit-il tranquillement.

Il reprit son travail, mais comme un auto-
mate, la pensée ailleurs.

Ainsi, la *Belle-Emilie* était amarrée là-bas,
dans le Sud, du côté d'où descendait la rivière,
à dix minutes de lui, à moins de 1,500 mètres.

Vrai, il aurait cru en éprouver plus de con-
tentement.

Durant ces interminables semaines, combien
il avait rêvé de la gribane aux allures pa-
taudes, où Lucie ouvrait chaque matin les
volets verts de la maisonnette à la visite du
soleil !...

Maintenant, c'était presque une gêne que lui
causait ce voisinage.

— Vous n'avez pas l'air à votre aise? remarqua son collègue.

— Je n'ai rien.

— Vous êtes pâle.

— Un peu de fatigue. J'ai passé ma soirée au spectacle.

— Je comprends. Le métier n'est pas drôle. On a ses vingt-quatre heures de repos, mais dès qu'on en profite, elles vous éreintent. Ces paresseux du service central, qui nous appellent dédaigneusement « les Crottins », devraient bien en tâter, pendant six mois seulement. Ils verraient.

— La misère de tous ne ferait pas notre bonheur.

Il évita la conversation qui menaçait de tourner aux récriminations professionnelles, coutumières et interminables.

Décidément, il avait besoin de rassembler ses idées.

Elles allaient à la débandade, pareilles à ces traînards qui, au régiment, lors des grandes marches, remorquent leur lassitude derrière la colonne.

— La verrai-je ? Ne la verrai-je pas ? se demanda-t-il jusqu'à la nuit tombante.

Puis, comme on l'envoya sur la ligne, il fallut qu'il promenât ses inquiétudes, sous un ciel gris, le long du mur d'enceinte, en compagnie d'un camarade indifférent.

Le lendemain, libre, il pouvait se rendre aux Carrières.

Il prit le bateau-omnibus pour Charenton, afin d'éviter la porte de Bercy.

Au ponton d'arrivée, il vit la bélandre de Pertane amarrée. Son cœur se resserra. Mélanie Loisot était sur le pont, seule.

— Descendez-vous? fit le receveur.

Il avait le pied presque sur la passerelle. Il se ravisa. Le bateau-omnibus reprit sa traversée.

Il le quitta à la station suivante, celle d'Alfortville, puis, découragé, il retourna à Paris.

La pensée d'affronter la tante, la mère de Gustave, pour parvenir à la nièce, avait glacé ses belles résolutions.

Une huitaine s'écoula.

Catherine, ignorante, s'interrogeait en vain, afin de comprendre son attitude, l'absence de ses regards, cette physionomie de souffrance qui lui était inconnue.

Il se décida.

Il écrirait, une fois encore, suppliant qu'on lui accordât au moins un rendez-vous.

Il recommença à trois reprises sa lettre, où il mit toutes les précautions d'une âme timide, dans le style d'un coupable.

Puis il l'emporta à la barrière.

Là, il découvrirait bien une façon de la faire porter.

Tous les jours, il avait affaire à des camionneurs de la maison Raidal et Cᵢᵉ, qui entraient,

qui sortaient, qui acquittaient des droits. Il
choisirait parmi eux. Le moins revêche ne lui
refuserait pas d'accomplir sa commission, car
il était aimable avec eux tous, estimant que
l'accomplissement du devoir n'impliquait pas
la brutalité.

Son dévolu tomba sur un gaillard d'une trentaine d'années, peu bavard, mais toujours à
jeun, qui ne jurait jamais après ses chevaux et
ne flânait guère avec ses semblables.

Quand il eut visité son haquet, il lui proposa
la chose.

— Vous connaissez les Pertane?

— Oui.

— Et la jeune fille qui est à bord?

— Je l'ai vue.

— Consentiriez-vous à lui donner ceci, à elle-
même, en particulier?

L'autre se gratta la tête.

— C'est une lettre d'amour?

— Pas précisément. Il s'agit surtout, pour
moi, d'un gros intérêt. Vous refusez?

— Je ne dis pas ça. Vous êtes gentil dans
votre besogne. Passez-moi le papier.

— A elle seule, n'est-ce pas?

— Entendu. Je demanderai la réponse?

— Parfaitement.

— Convenu. Seulement, je ne vous promets
pas de la rapporter vite. Il faut que je sois de
retour de bonne heure. Peut-être la rencon-

trerai-je à Charenton, où elle fait ses courses.
Ça m'est arrivé.

— J'ai confiance en vous.

— Parbleu !

Et il s'éloigna.

Quatre jours s'écoulèrent sans que Léon eût
des nouvelles. Le charretier, en traversant la
barrière, lui apprenait son insuccès. Enfin, un
matin, il l'attira derrière sa voiture.

— Ça y est. Je l'ai vue hier.

Le cœur d'Olivier battit follement.

— Et vous lui avez remis...

— Naturellement. Elle a paru surprise, elle
a retourné l'enveloppe, elle l'a ouverte sous un
bec de gaz.

— Ensuite.

— Elle l'a glissée dans sa poche.

— Sans vous remercier ?

— D'abord, elle a piqué un fard. Elle est
restée cinq minutes au moins, comme abrutie.
Je lui ai alors demandé si elle n'avait rien à
me confier.

— Eh bien ?

— Elle m'a répondu : non.

Léon se sentit blêmir. Il balbutia une parole
de gratitude. L'échec était irrécusable.

De ce moment, il ne songea plus à insister,
Lucie était inflexible. Mieux valait attendre
qu'un événement se produisît, qui les rappro-
chât, que de continuer à courir les affronts.

Octobre survint ainsi.

A présent, l'été était bien terminé.

Des pluies s'abattaient sur la ville, fines, entêtées, désespérantes. Les arbres du boulevard Poniatowsky n'étaient plus que des squelettes, frissonnant au vent du Nord. Léon apprit que la *Belle-Emilie*, son chargement livré, était retournée en Bourgogne, loin, très loin. Il se courba sous la destinée.

Pourtant, lorsqu'il errait au flanc des glacis, en ses rondes nocturnes, couvert de son manteau, il avait une tristesse atroce, au souvenir qui lui surgissait d'autres fortifications, celles de Péronne, qu'il affectionnait tant, trois ans et demi avant.

Comme il avait été heureux, là-bas !

Du reste, il retourna au théâtre, en compagnie de Catherine et de madame Milard, car il fallait être convenable avec celles qui l'accueillaient doucement.

Ces escapades suffisaient à endormir les méfiances de la servante, qui avait fini par se convaincre que les préoccupations du gabelou étaient étrangères au sentiment qu'elle espérait lui inspirer graduellement.

Il lui parlait d'une voix gracieuse qui augmentait l'illusion.

Il comprenait cependant que Lucie le tenait toujours autant, même cruelle, maintenant qu'elle reparaissait à date fixe dans les environs.

Ceci dura sans rien inspirer à son esprit.

Un soir, au moment où il quittait le poste et prenait le pavé, il sursauta.

Gerfaut, accolé à la pile du Pont-National, conversait avec un individu qui, un rouleau de journaux sous le bras, coiffé d'une casquette de cuir, lui tournait le dos.

Il l'examina. C'était un camelot.

Le brigadier tenait à la main une feuille qu'il venait d'acheter.

Figé, Léon ne les quittait pas des yeux.

Il les vit se diriger vers l'escalier de pierre, sous lequel un cabaret en miniature appelle le client, devant une table unique, flanquée d'une cuisine abritée derrière une toile.

— C'est Gerfaut, lui dit un collègue, qui demande des pronostics pour les courses d'automne.

— Ah !... Ça lui arrive souvent ?

— Depuis que ce vendeur vient jusqu'ici.

Ils partirent.

Seulement, comme ils allaient lentement, quelques instants après le camelot les rejoignit.

Léon détourna la tête, instinctivement, pour ne point être reconnu.

Dans l'obscurité du boulevard extérieur, où pas un promeneur n'errait, entre les réverbères clignotants et les arbres nus, la voix éraillée de Tatave clamait :

— Demandez *Paris-Sport*, résultats complets des courses, le gagnant d'Auteuil, cinq centimes !...

IX

PIQUET A TROIS

Tatave n'avait pas désarmé.

Du jour où Catherine lui avoua que Léon commençait à s'apprivoiser, il n'eut plus rien à tirer d'elle, ni rien à lui proposer. Il réduisit la fréquence de leurs visites, craignant que la jeune fille bavardât ou que le jeune homme l'aperçût. Il ne vint plus que de loin en loin rôder rue des Vignolles.

Une rencontre bi-mensuelle assurait sa tranquillité.

Il savait ainsi qu'aucun courrier de Lucie n'arrivait à son rival.

Il connaissait, en outre, par Mélanie, le désespoir de sa cousine, devenue sombre, sauvage, muette et nerveuse.

Elle avait cru que Léon lui écrirait, lui demanderait pardon, la supplierait. Rien n'était venu. Comment eût-elle deviné qu'on interceptait ses envois et que l'auteur de cette manœuvre était Gustave, et que le drôle contre-

faisait si bien son écriture que le malade de
Tenon l'accusait de cruauté, elle !

C'est ainsi qu'elle fut tellement saisie de
recevoir, par un charretier, le rendez-vous,
qu'elle le refusa.

C'est ainsi que sa tante pouvait annoncer,
rue des Nonnains-d'Hyères, que le père Pertane boudait toujours son neveu, mais qu'il n'y
avait point d'ennemi dans la place.

— Maman Ninie est à la hauteur, proclamait
Gustave, quand il la lisait.

Malheureusement, elle n'était point aussi
riche d'écus que d'idées.

La provision du départ épuisée, elle ne lui
adressa qu'un mandat de vingt francs, par ci,
par là. Son mari la surveillait, cachait son argent, envoyait Lucie faire les achats, s'étant
aperçu du larcin commis. Maintenant, elle devait économiser sur ses propres dépenses, pour
aider son garçon. Celui-ci l'excuserait. Il était
d'ailleurs assez malin pour gagner sa vie tout
seul, faute de mieux.

Il y parvint, en effet; il reprit son métier
ancien, débitant un peu de tout, des babioles
dans les fêtes suburbaines, des inventions sur
les boulevards, et des journaux du soir partout.

Il préférait pourtant ceux de sport, parce
qu'ils lui fournissaient l'occasion de tripatouil-
ler autour du Pari-Mutuel, offrant des « tuyaux »
à ses clients, misant aussi pour eux.

Un hasard l'amena en présence du fils du contrôleur de Gerfaut.

Il connut de la sorte la passion du brigadier.

— Tiens, tiens, pensa-t-il, voilà qui va me permettre de surveiller de près mon Olivier.

Alors, les jours où il savait ce dernier au repos, il s'aventurait jusqu'à la porte de Bercy, criant sa marchandise en ce lieu excentrique, où aucun concurrent ne l'irait assurément chercher.

Il en était quitte pour dépenser deux sous de bateau, perdre dix minutes au Pont-National, et regagner la Bastille par la rue de Charenton, où quelques acquéreurs se présentaient.

Il plaça même du papier à des voyageurs qui descendaient du chemin de fer de Ceinture, à la gare de la Râpée.

C'était autant de gagné, puisqu'il avait sacrifié son temps à une autre entreprise.

Il entra peu à peu en rapports avec Gerfaut, lui procura quelques pronostics heureux, gagna sa confiance.

Une circonstance imprévue le fit rencontrer Léon, qu'il reconnut de suite.

Un esprit de bravade l'incita à hurler aux oreilles de son rival le titre de son journal, dans cette solitude qu'animaient seuls le sifflet des locomotives et le grondement des trains.

Il fallait, à présent, mettre les pieds dans le plat.

Il saisit la première occasion.

Comme il versait au brigadier deux louis, conséquence de l'arrivée d'un outsider, il lui demanda :

— Est-ce que vous n'avez pas, dans votre brigade, un nommé Léon Olivier ?

— Un garçon quelconque, qui fait des manières, brun, avec une barbiche, et des airs mystérieux.

— C'est son portrait.

— On me l'a envoyé de l'Intérieur, en juin. Vous vous y intéressez ?

— Pas du tout. J'en ai entendu causer par un agent du quartier de l'Arsenal.

— Pour sa noyade ?

— Parfaitement. On ne sait pas très bien ce qu'il y a là-dessous. Une histoire de femme, paraît-il.

— Avec la fille d'un marinier, une gamine qui a fait quelques envieux.

— Je ne l'ai jamais vue. Seulement, votre gabelou était son amant, dit-on, et c'est pour elle qu'il se serait jeté à l'eau.

— Elle le trompait ?

— Peut-être. On les avait vus, plusieurs soirs, se parler sur le quai, près du poste. Ils avaient l'air très animés. Dame, ça me semble clair.

— A moi aussi. Ah! le sournois!...

Gustave savoura son effet. Une flamme passait dans les yeux du brigadier. Il s'en alla, ravi.

Gerfaut n'avait pas encore songé à Lucie qui, fière, ne se laissait approcher par personne. D'ailleurs, ceux de la patache avaient plus souvent le moyen de l'aborder. Désormais, il aviserait.

Du moment que la demoiselle était aimable pour un simple commis ambulant, comment ne le serait-elle pas pour un brigadier, un homme à bonnes fortunes, un malin tel que Gerfaut ?

Il y avait bien Olivier.

Eh bien, raison de plus !... Il le détestait, cet employé silencieux, qui affectait de n'avoir pas une punition, qui ne fumait ni ne buvait en vigie, qui était trop intime avec ceux de la rivière. S'il pouvait lui jouer un méchant tour en satisfaisant sa paillardise personnelle, le plaisir serait double.

Ils furent alors deux gabelous à s'inquiéter de la *Belle-Emilie*, le subordonné et le chef.

Novembre ne la ramena point, mais elle passa à l'écluse de Gravelle, dans les premiers jours du mois suivant.

Justement, il n'y avait pas place pour l'amarrer au quai des Carrières, qui est un port de tirage, sans berges, et que la moindre gelée, la moindre neige, rendrait impraticable.

— Allez donc aux Magasins-Généraux, proposa la maison Raidal au bélandrier.

Il obéit.

Lucie se rapprochait ainsi de Léon, sans s'en douter.

Mélanie Loisot, seule dans la confidence de la situation, se promit de serrer de près la petite.

Aussi, comme, un soir, Olivier sortait du poste, il la vit franchir la barrière, se dirigeant vers le boulevard.

Il ne s'y trompa point.

Gustave attendait sa mère.

Ils conversèrent longuement, à l'abri du talus de la voie ferrée, avec des gestes qui le rendirent frissonnant.

— Cette fois, dit-il, je parlerai à Lucie, coûte que coûte.

Il dut remettre à trois jours cette entreprise.

Le surlendemain, comme il visitait, à la nuit, le tramway de Charenton, en arrivant au sommet de l'escalier de l'impériale, il reçut un coup tel qu'il dut se cramponner à la balustrade, pour ne point choir.

La jeune fille, un panier sur les genoux, était là, parmi les voyageurs, entre deux ouvriers.

Il fallait, pour arriver à elle, déranger une douzaine de jambes, des jupes, des paquets.

— Rien à déclarer? demanda-t-il par habitude, machinalement.

Elle releva le front à cette phrase, le reconnut, devint livide.

Il fit deux pas vers elle.

Mais, au même instant, la machine démarra, et une voix cria d'en bas :

— Quand vous aurez terminé votre tournée, vous serez à Austerlitz, n'est-ce pas ?

Il redescendit de la voiture en marche, guetté par Gerfaut, dont les yeux flambaient.

Il faillit rouler du marchepied dans le ruisseau, étourdi, les jarrets cassés.

Et le terrible brigadier ricanait, tandis que le tramway s'éloignait.

Et, à une trentaine de pas, Gustave patientait, ses feuilles à la main, ayant assisté à toute la scène.

— Toi, murmura Léon entre ses dents, tu finiras par me faire commettre un crime, à mon tour.

Cependant le camelot, voyant Gerfaut furieux, se dandinait, gouaillait, disait :

— Chouette ! nous jouons maintenant une partie de piquet à trois, et c'est moi le voleur !

X

LE PROCÈS-VERBAL

Un instant après, Gerfaut annonça à Gustave :

— J'ai vu la marinière d'Olivier.

Gustave répondit à Gerfaut :

— Je m'en doutais.

— Pourquoi ?

— Parce que vous aviez l'air fameusement en colère contre lui, au passage de ce tramway.

— Ah ! vous avez remarqué ?

— Dame, à moins d'avoir un œil de verre, comment ne vous aurais-je pas vu ? Nous causions. Vous m'avez lâché brusquement, pour courir derrière votre employé. J'ai compris.

Le brigadier n'aimait point qu'on se mêlât de ses affaires personnelles, surtout quand une amourette s'y amorçait. Il ne se vantait des bonnes fortunes que lorsqu'elles ne pouvaient plus tenter la concurrence. D'un mot, il coupa court aux allusions du drôle.

Toutefois, le lendemain matin, il interrogea le sous-brigadier de la patache, sans affectation.

— Vous connaissez la fille du patron de la *Belle-Emilie,* n'est-ce pas ?

— Lucie Pertane ?... Oui. Elle vous tente ?

— Non. C'est à cause d'un de vos anciens amis, qui a failli avoir des histoires pour elle. Je viens de les voir ensemble. Autant me méfier. Pertane est un fraudeur, je crois.

— On l'assure. Moi, je ne l'ai jamais pris. D'ailleurs, si c'est d'Olivier que vous parlez, j'en répondrais. Il est honnête, lui, et incapable de contrebande.

— On ne sait pas. Quand on s'emballe sur une personne fûtée comme celle-là, elle vous mène par le bout du nez. Les plus sûrs ont commis, pour une maîtresse, bien des sottises.

— Je ne crois pas qu'elle soit sa maîtresse, monsieur Gerfaut.

— En tout cas, vous savez où est la bélandre?

— Aux Magasins-Généraux.

— Bien.

Le brigadier s'éloigna.

Ç'avait été un sacrifice d'amour-propre que d'entrer ainsi en relations avec un sous-chef, celui surtout d'une autre division, de ce service fluvial qu'il exécrait, par jalousie sans doute, à moins que ce ne fût tout bonnement pour raison de voisinage, ne pouvant admettre qu'un inférieur vécût à sa porte, en face de lui, sans qu'il eût le droit de le courber sous sa loi.

Pourtant, il ne regrettait pas cette démarche, car la jeune fille le préoccupait, décidément.

Il ne l'avait jamais si bien contemplée que sur cette impériale, où Léon défaillait devant elle.

Il l'aurait, de gré ou de force.

L'après-midi, elle parut précisément à la barrière, un panier sous le bras, le panier de la veille.

L'homme de vigie se dirigea vers elle.

Gerfaut le devança.

— Laissez, Courdin, fit-il. Mademoiselle me regarde.

Et, comme elle semblait étonnée, inquiète

surtout de l'absence de Léon, il lui ordonna :

— Suivez-moi, s'il vous plaît.

Elle entra dans le poste.

Il eut la pensée, en y trouvant trois commis ambulants qui bavardaient, de les envoyer dehors. Un sentiment de prudence le retint.

Ce fut avec sa figure la plus sévère, avec sa voix la plus revêche, qu'il commanda :

— Videz un peu ceci.

Elle ouvrit le panier, en retira divers objets, montra le fond.

Un litre de rhum, entamé, y était.

Le brigadier s'en empara.

— Voilà ce que vous vouliez introduire dans Paris, n'est-ce pas ?

— Mais c'est mon droit, puisqu'on a déjà bu après.

— Votre droit, pas du tout. On tolère, on n'autorise point. Quand il s'agit de voyageurs suspects comme vous, on dresse procès-verbal et on confisque. C'est ce que je fais.

— Soit !

— Vos nom et prénoms ?

— Lucie-Félicité Pertane.

— Votre domicile ?

— A bord de la *Belle-Emilie*, de Dunkerque (Nord).

— Votre âge ?

— Vingt ans et demi.

— Mineure, alors. Vos parents ?

— Je n'ai que mon oncle, Jean Pertane, mon
tuteur.

— Bien. Il est civilement responsable. Vous
connaissez la loi ?

— Peu importe.

— Vous l'apprendrez, en ce cas.

Il avait griffonné les indications sur un cale-
pin. Les gabelous, interrompant leur causerie,
le guettaient silencieusement, jouissaient du
calme de la contrevenante, avaient entre eux
des signes imperceptibles. Un jour laid entrait
dans la pièce nue, à travers les vitres sales.
Des tas de poussière y marinaient, parmi les
crachats. Sur les paillasses, mal tenues, puantes,
un chat se promenait, à cause des rats qui, la
nuit, envahissaient le local administratif. Lucie
regardait cela tranquillement.

— C'est tout ? demanda-t-elle.

Gerfaut était embarrassé. Il n'avait opéré
ainsi que pour nouer connaissance, incapable
de rien inventer de mieux, lorsqu'il poursuivait
une femme, que de la terroriser. De cette façon,
il la possédait à sa merci, il lui laissait le choix
entre la sévérité des tribunaux et sa clémence.
Cela lui réussissait presque toujours. L'air
indifférent de la jeune fille le déroutait, maintenant.

Il comptait sur des supplications, des excuses,
du verbiage.

Elle paraissait être simplement la spectatrice

de la mauvaise aventure d'une étrangère.

Le brigadier remarqua enfin la physionomie moqueuse, quoique irréprochable, de ses subordonnés, muets, malveillants, enchantés.

— Ces gueux-là, pensa-t-il, se payent ma tête. Je les repincerai.

Bref ! après cinq minutes d'hésitation, il déclara :

— C'est tout, en effet.

— Je puis me retirer ?

— Provisoirement. On vous appellera en justice. Vous avez un dossier déplorable, au Conseil d'administration. La direction ne vous ratera pas. Tant pis pour vous !... On ne rencontre pas partout un gabelou galant, qui ferme ses yeux en regardant les vôtres, ma petite.

Elle rougit légèrement, à cette allusion trop claire, mais ne la releva point.

D'une main que rien ne faisait trembler, elle reprit les choses qu'elle avait extraites du panier, les y replaça posément, puis salua la compagnie.

Dès qu'elle se retrouva au bord du trottoir, elle sentit que le brigadier était sur ses talons.

Elle ne tourna point la tête, passa fièrement devant Courdin, franchit la grille d'octroi.

Le brigadier la rejoignit sous l'arche du Pont National, à la place où il avait interpellé si violemment Olivier.

— Ainsi, insinua-t-il, ça ne vous fait rien que je verbalise?

Sa voix s'adoucissait, sa moustache semblait moins farouche, le regard seul demeurait mauvais, avec une lueur déconcertante sous les sourcils fauves.

Elle avait repris toute son énergie.

Elle le fixa nettement.

— Quand cela me ferait quelque chose, comment l'empêcherais-je?

Il ricana :

— Je ne sais pas, moi. Mais, si vous cherchiez?... Je crois qu'une personne aussi intelligente, aussi jolie que vous, finit bien par découvrir un moyen, dans un cas comme celui-là.

Elle haussa les épaules.

— J'aime mieux ne pas y penser. Faisons chacun notre métier. Nous nous porterons mieux.

Et elle enjamba le ruisseau, s'enfuyant vers Bercy.

Il lui cria cependant :

— Vous réfléchirez jusqu'à ce soir. Quand vous reviendrez, je serai là.

Il suivit sa jambe fine, dont la jupe laissait voir le bas noir, moulant une cheville nerveuse, au-dessus du soulier, puis regagna le poste.

La salle était vide, à présent. Les gabelous n'avaient pas voulu attendre l'orage. Sur la table, le litre de rhum, le litre entamé, parais-

sait présider à la valse des atomes, qu'un rayon
faisait danser, un rayon d'or qui allumait la
liqueur jaune, dans sa prison transparente.

Gerfaut éclata, et, abattant son poing auprès
de la bouteille, la renversa, grognant à travers
ses dents :

— Elle a des griffes, la brunette, mais je les
lui couperai.

XI

LES GRIFFES

Léon était à bout de patience. Très énervé
de sentir Lucie à cinq minutes de son poste,
sans qu'il pût éclairer leur brouille, il aurait
peut-être patienté encore un mois ou deux, le
temps de laisser la *Belle-Emilie* effectuer une
traversée, si les accointances de Gustave et de
Gerfaut ne l'avaient décidé. Comme, ayant son
jour de repos, il quittait la rue des Vignolles,
sitôt le déjeuner, Catherine l'aborda :

— Vous vous êtes mis en frais de toilette,
monsieur Olivier.

Il la rabroua durement.

— Je me suis mis à mon idée.

La servante songea aussitôt :

— Il va retrouver sa gueuse.

Car, maintenant, elle avait perdu ses belles illusions. Le gabelou ne l'aimait plus, si tant était qu'il eût un instant songé à elle. Pour sûr que l'autre l'avait repris.

Ah! elle regrettait d'avoir renvoyé Gustave, dans l'attendrissement de leur passager rapprochement, en un sentiment de délicatesse instinctive.

Elle avait fini par soupçonner que le drôle haïssait au fond le gabelou. Elle avait eu peur d'être entraînée en quelque intrigue qui fût nuisible au jeune homme. Elle avait rompu.

Qui sait si son complice d'autrefois ne lui eût point rendu encore service?

Sans doute il se présentait mal, il devenait bizarre, il lui semblait louche.

Mais, tant qu'ils s'entendirent, Léon fut éloigné de la rivale.

Qu'elle ne la pinçât jamais, celle-là, par exemple! Elle paierait double.

En attendant, il n'y avait point à s'abuser, Olivier courait derrière elle.

Effectivement, il se rendait aux Magasins-Généraux, prêt à une tentative désespérée, comme le soir du port Saint-Paul, dût-elle s'achever encore par une rixe tragique avec le vieux Pertane qui ne s'attendrirait pas, oh! non.

Toutefois, il ne choisit point la route la plus courte. Voulant éviter la porte de Bercy, il

quitta encore Paris par celle de Charenton.
C'était de la prudence, maintenant que Gerfaut
agissait contre lui. D'ailleurs, cette fois, il irait
jusqu'au bout.

C'est ainsi qu'il arriva aux berges de la Seine
après que Lucie avait quitté la bélandre, à
l'heure même où elle était en butte aux manœuvres du brigadier.

Amarrée le long du quai, la *Belle-Emilie*
ouvrait ses flancs aux déchargeurs qui les vi-
daient. Jean Pertane flânait à bord, surveillant
le travail. Mélanie Loisot, assise sur une chaise,
devant la cabine, cousait. Il pensa de suite que
la jeune fille était absente.

— Je l'attendrai, se dit-il.

Précisément la berge était encombrée de
marchandises, de futailles, de choses derrière
lesquelles se dissimuler.

Il choisit une place, d'où il voyait le bateau,
sans en être vu.

Quand elle y reviendrait, il l'arrêterait au
passage, sous le nez de l'oncle, de gré ou de
force.

Mais décembre n'est point une époque pro-
pice aux guets d'amour. La température, quoique réchauffée par un soleil tardif, rendait
grelottant le commis-ambulant. Après une heure
d'énergie déployée, battant la semelle, s'enca-
puchonnant, maugréant contre les frimas, ju-
rant qu'il braverait rhumes et bronchites plutôt

que de déserter, il dut lâcher pied, regagna la route, s'y promena de long en large.

L'après-midi tirait d'ailleurs à sa fin. Les ténèbres arrivaient. A quoi bon s'obstiner ?

Il laissa pourtant allumer les reverbères. Une brume montait du fleuve. Sur la *Belle-Émilie*, abandonnée par les débardeurs, une lampe veillait, auprès du batelier et de sa femme.

Léon entendit sonner six heures. Sa fougue tombait dans une lassitude, dans un engourdissement de ses membres. Il pensa au retour.

C'étaient quarante-huit heures de perdues!

Une suprême chance lui restait : rencontrer Lucie sur son chemin, si elle était allée à Paris. Elle reviendrait par Bercy. C'est par là qu'il s'en irait aussi.

Il arriva à la barrière n'ayant croisé que des indifférents, ouvriers sortis de l'entrepôt, filles regagnant le logis, tous se hâtant sur le trottoir, tandis que les haquets vides galopaient, traînaient leurs chaînes, réintégraient la remise avec un fracas assourdissant, remorqués par des chevaux qui sentaient l'écurie et qu'activaient des charretiers pressés ou ivres.

Soudain, Léon fut interpellé.

— Camarade !

Le gabelou de vigie l'appelait.

— Vous désirez me dire quelque chose ?

— De très important.

Il pressentit un danger. Le collègue était un
brave garçon, incapable de le déranger pour
une plaisanterie. Ils se rejoignirent derrière
un camion.

— Qu'y a-t-il? demanda-t-il.

— C'est à cause de votre bonne amie.

— Hein!

— La fille de Pertane.

On s'obstinait, dans l'octroi, à considérer
Lucie comme l'enfant du bélandrier. Olivier
frissonna. Il ne s'était point trompé.

— Eh bien ?

— Elle a passé ici tout à l'heure, et le brigadier l'a pincée.

— Pincée !

— En fraude. Une rosserie, d'ailleurs, car
elle avait un litre de rhum, pas même entier.
C'est un prétexte. Il l'a, en tout cas, conduite
au poste, il l'a questionnée, il lui a collé un
procès-verbal.

— Gerfaut a fait ça?

— Comme je vous le dis. J'étais là ; j'ai
assisté à la scène. Elle est crâne, la petite.
Seulement, il l'a rejointe, dès qu'elle a été
sortie. Voilà pourquoi cela me paraît drôle. J'ai
tenu à vous prévenir. Vous ferez ce qu'il vous
plaira.

— Merci, merci bien.

Léon se précipita vers la porte.

En une seconde, sa tête s'était perdue; il se

sentait capable d'une folie, il s'expliquerait avec son chef coûte que coûte, il aurait le mot de cette odieuse machination.

— Le brigadier est là ? cria-t-il sur le seuil.

— Il vient de sortir.

Il entra dans Paris.

— Tenez, lui indiqua un autre employé, il vient de partir du côté du boulevard avec une femme.

Il s'y élança.

Le boulevard Poniatowsky était sombre, désert, inquiétant. Olivier le remonta. Brusquement, il aperçut celui qu'il poursuivait.

Gerfaut marchait lentement le long du talus des fortifications, dans les arbres. Il devait discuter. La femme baissait le front. Leurs silhouettes étaient distinctes l'une de l'autre. Ils s'arrêtèrent, continuant leur conversation, que des gestes dénonçaient devoir être animée.

Léon ralentit le pas, jugeant préférable d'aborder l'ennemi lorsque le tête-à-tête serait terminé.

Soudain, un cri sourd lui échappa.

— C'est Lucie !

C'était bien elle. Il la reconnaissait à sa toilette, entrevue la veille, la toilette du tramway. Elle était sous la lumière d'un bec de gaz.

Il eut un mouvement pour se ruer comme une bête emportée sur le groupe, pour tomber entre eux, pour les assommer ensemble.

Ses jambes fléchirent.

Il s'appuya contre un arbre.

Il remarqua alors que Gerfaut se rapprochait
de la jeune fille, qu'elle tentait de fuir, qu'il
l'empoignait.

Son cœur cessa presque de battre en sa poitrine, une sueur froide lui monta aux tempes,
il tâta machinalement sa cuisse pour y prendre
le sabre absent.

Des éclats de voix lui parvinrent.

— Laissez-moi !

— Jamais.

— Je ne veux pas.

— Nous allons voir.

Et une bousculade se produisit.

Haletant, Léon regardait.

Gerfaut devait tenir Lucie par les bras. Il la
secouait. Elle se débattait, sentant que l'agresseur la poussait vers le glacis, vers l'herbe, en
cet endroit éloigné de tout, plein de nuit, où
nul ne passerait, près de la coupée du chemin
de fer de Lyon, dont le va-et-vient des trains
couvrirait les appels et supprimerait la dernière
chance d'être entendue.

Puis, il était fort, très fort, cet homme de
quarante ans, musclé, aux airs de fauve, au poil
roux.

Il l'acculait, les dents serrées, les yeux flam-
bants.

Elle heurta une pierre.

Elle tomba.

— A moi !... A moi !... Au secours !... clama-t-elle, affolée, éperdue.

Mais, tout à coup, un individu s'abattit, un poing frappa, Gerfaut roula sur le sol.

— Lucie !

— Léon !

— Olivier !

Les trois cris partirent, d'une fusée.

— Lucie, ma Lucie ! sanglotait le jeune homme, la relevant, l'étreignant. Oh ! le misé-rable !...

— Faites attention !...

Furibond, le brigadier s'était redressé. D'un geste, il avait tiré son sabre, prêt à un meurtre. Léon vit rouge. Il fouilla dans sa poche, et sortit son couteau, un couteau de paysan, à la lame solide, qu'il avait apporté de Gonesse, où il servait de tranchet, de sarcloir et de séca-teur. Tous deux étaient de force.

Lucie se jeta devant lui.

— Tuez-moi donc, défia-t-elle.

Gerfaut hésita, le sabre levé, puis rica-nant :

— Non, pas ainsi, fit-il.

Il remit l'arme au fourreau, reboutonna sa tunique, haussa les épaules, et, fixant Léon :

— Vous, dit-il simplement, je vous repin-cerai. Rébellion, coups à un supérieur, votre affaire est claire. Je m'en charge.

— Ajoutez au rapport votre tentative de violence sur mademoiselle, n'est-ce pas ?

— Peut-être. Bonne chance, les amoureux. A demain, commis Olivier.

Et il s'en alla vers la Seine, de son pas lourd, tandis qu'un quatrième personnage s'esquivait, en se dissimulant.

Ce témoin, ignoré de tous, avait un paquet de journaux sous le bras.

XII

UN FAIT DIVERS

Ils étaient tombés dans les bras l'un de l'autre, après s'être fuis, inconsciemment, bêtement, depuis des mois.

— J'étais perdue sans vous, lui avoua-t-elle.

— Je suis bien heureux d'être arrivé à temps, répliqua-t-il.

— Qui vous a amené ici ?

— La rage de vous savoir sous le coup d'une attaque de Gerfaut.

— J'aurais dû comprendre son idée et son but dès cette après-midi, quand il me poursuivit, après avoir verbalisé. J'en doutais encore. Il m'a surprise au retour, en me parlant doucement de mon oncle, qui aurait des ennuis comme responsable, de vous aussi, contre qui on pourrait peut-être agir. Je l'ai accompagné ici, innocemment. Voilà ce qu'il cherchait.

Il l'étreignit.

— Tant mieux, puisque nous voilà ensemble.

Alors, les confidences commencèrent.

Toute la colère de Lucie fondait, dans l'émotion de cette aventure qui anéantissait ses nerfs. Ce fut lui qui se plaignit de ses refus. Elle excusa celui opposé au charretier de la maison Raidal et Cie, dans la rue, mais elle ouvrit de grands yeux, quand il lui parla de ses lettres renvoyées à Tenon, et de la dureté dont elle avait fait preuve durant sa guérison.

— Vraiment ?

— Je vous jure que j'aurais pu en mourir.

— Vous vivez cependant.

— Parce que je n'ai cessé d'espérer.

— N'aviez-vous pas une consolation ?

— Où ça ?

— Cette demoiselle que j'ai vue dans votre chambre, après... l'accident.

Il haussa les épaules.

Elle n'insista point.

Seulement, si elle ne le détrompait pas, elle cherchait quel étrange intermédiaire avait pu ourdir cette machination. Elle en accusa Catherine. Comment en aurait-elle pu soupçonner Tatave ?

Ils se quittèrent en se promettant de se revoir.

La *Belle-Émilie* ne retournerait en Bourgogne qu'après janvier, de peur d'être prise par les glaces, en cours de route.

Ils avaient le temps de se rencontrer.

En rentrant chez lui, Léon avait de la joie plein le cœur. A peine s'il s'occupa de Gerfaut. On verrait à se défendre, s'il se risquait à récriminer, ayant de tels torts.

Quand il arriva, au matin, à la porte de Bercy, le brigadier le toisa des pieds à la tête.

— Votre tunique est mal brossée, fit-il. Les boutons sont ternes. Je n'aime pas ça.

Il s'en tint là, l'envoyant sur le pavé, avec une indifférence rare.

— Bigre, pensa Olivier, il doit machiner un mauvais tour.

Erreur, le gaillard avait réfléchi. Il s'était convaincu qu'une plainte, visant l'événement de la veille, eût été dangereuse, car l'inculpé se serait certainement défendu. Mieux valait patienter, jusqu'à la première occasion. Il aurait toujours un moyen de prendre son rival par derrière, avec un manquement quelconque à la discipline.

Les camarades ignorant l'altercation, car la brigade avait changé, Léon se remit à la besogne, sans subir aucune interrogation gênante.

Seulement, vers midi, en regagnant le poste,

il trouva Gerfaut, la figure bouleversée, en train de lire un journal.

— Qu'est-ce que cela signifie ? se demanda-t-il.

Il vit le titre. Il se promit de l'acheter. Il le fit.

A la troisième page, il tomba sur un fait-divers qui lui expliqua tout.

L'article disait :

« ENTRE GABELOUS. — Hier soir, vers sept heures, un incident assez curieux s'est produit boulevard Poniatowski, entre les portes de Bercy et de Charenton. Un combat singulier s'est engagé, entre deux employés d'octroi, un brigadier et un simple agent. Il paraît que c'est ce dernier qui a eu le dessus et, après avoir rossé son supérieur, l'a mis définitivement en fuite.

Une personne d'un sexe différent semblait le prix de ce duel.

Comment l'Administration laisse-t-elle l'honneur et la tranquillité des citoyens à la merci de fonctionnaires, qui se conduisent de la sorte ? »

Léon comprit que cela se gâtait. Un semblable entrefilet rendait impossible le silence. Une tuile allait lui tomber sur la tête.

Elle survint peu après, sous forme d'une notification à comparaître le lendemain à la direction.

Une demi-heure plus tard, on lui apprit que le brigadier était mandé d'urgence, et qu'il avait dû partir immédiatement, sans attendre.

— Il n'avait pas l'air à la noce, assura un collègue.

— Sans doute qu'on aura découvert sa rage de parier aux courses.

— Si ça pouvait nous en débarrasser !

— On allumerait la rampe de gaz du 14 juillet.

Léon ne participa point à cet échange cordial d'aimables souhaits. Il sentait l'orage. Comment cela finirait-il ?

Sa résolution était prise, d'ailleurs.

Il ne broncherait point, à moins qu'on ne parlât de révocation, préférant taire maintenant le nom de Lucie, de peur que ses aveux n'aggravassent les ennuis dont elle devait être menacée.

Puisque Gerfaut estimait inutile de jaser le premier, il imiterait sa discrétion.

Qui diable avait donc envoyé aussi cet article malencontreux ?

Bah ! ce devait être la vengeance de quelque commis, haïssant si bien le chef qu'il préférait compromettre un compagnon de misère plutôt que de manquer une telle circonstance d'ennuyer le féroce brigadier.

Il se rendit avenue Victoria, dès le matin suivant.

Ce fut un fonctionnaire rogue, sévère, un peu sourd, qui le reçut.

Le journal, crayonné de bleu, était sur le bureau.

L'interrogatoire résuma la question :

— Ainsi, conclut le censeur, c'est vous qui vous êtes disputé avec votre chef?

— Rien ne le prouve. J'étais de repos. Qu'aurais-je fait sur les fortifications?

— N'insistez pas. Nous avons procédé à une enquête sommaire. La déposition de l'homme qui avait vu une dame en compagnie du brigadier, et qui vous l'a appris, est formelle. C'était votre maîtresse à tous les deux?

— A l'un, ni à l'autre.

— Enfin, que s'est-il passé?

— Rien. M. Gerfaut a dû vous renseigner. Je m'en réfère à ce qu'il vous a dit.

On n'en put tirer davantage, on le congédia, on lui annonça qu'il aurait bientôt des nouvelles du Conseil d'administration.

Olivier, sans y songer, avait adopté la meilleure tactique en liant son sort à celui de Gerfaut. Celui-ci ne manquerait pas de faire agir ses protecteurs, d'arguer de ses notes excellentes, de remuer ciel et terre. Or, si on lui pardonnait, il faudrait bien être indulgent avec le subordonné, pour excuser l'impunité de son protagoniste.

C'est ce qui arriva.

Le brigadier, qu'on ne désirait point déplacer de Bercy en considération des services qu'il y rendait, en fut quitte avec une simple réprimande.

Et le commis-ambulant fut envoyé tout bonnement à deux pas de là, à la porte de Picpus, avenue Daumesnil, en un point tranquille, voisin du bois Vincennes, et que d'autres eussent considéré comme une aubaine.

Il eut pourtant une rage terrible, quand avis lui en vint, car il allait être bien loin des magasins-Généraux.

Sa fureur redoubla, lorsque Picpus le délégua à Reuilly, une simple poterne en plein bois, loin de toute communication, hors de toute voie fréquentée, comme dans un désert.

Le soir du premier jour qu'il eut de congé, après en avoir pris possession, comme il dînait chez Milard, la bombe éclata.

Catherine, le voyant furibond, les yeux égarés, avalant sans regarder, essaya de l'aborder.

— Vous avez des chagrins, monsieur Olivier?

Il répliqua d'une voix dure :

— C'est votre faute.

— En quoi?

Il s'emporta, il lui reprocha de l'avoir brouillé avec une personne qu'il adorait; il lui annonça que ceci lui avait valu une querelle qui l'avait emmené là-bas, il lui signifia de lui laisser désormais la paix et de se contenter de le servir à table sans le compromettre autrement. Elle

était la servante de son restaurateur. Il la trouvait bien comme ça.

Toute blanche, la jeune fille l'écouta, puis,
dès qu'il fut sorti, un besoin de revanche,
impérieux, l'envahit.

— Enfin! s'écria-t-elle soudain.

Gustave Loisot, ressuscité, venait d'entrer
dans la boutique.

Elle alla droit à lui. Ils causèrent. Elle lui
raconta ce que Léon lui avait dit. Il l'endormit
de paroles. Sa physionomie rayonnait. Quand
ils se séparèrent, il lui promit que ceci finirait
bientôt.

Et, dès qu'il fut dans la rue, une exclama-
tion triomphante lui échappa :

— Réussi, mon fait-divers. L'Olivier n'y a
pas coupé. Ce que c'est d'avoir des relations
parmi les reporters !... Chez la Bécasse, à présent !

XIII

CHEZ LA BÉCASSE

Si on eût demandé au commissaire de police
du quartier du Bel-Air des renseignements
concernant la femme Hermont, dite *La Bécasse*,
ce fonctionnaire n'aurait pas hésité une seconde.

Sur la fiche, il aurait écrit : fraudeuse, recéleuse, proxénète.

Moralement, la femme sus-dénommée était censée tenir l'hôtel Montempoivre, sis près la porte de même nom, au point où, sur le boulevard Soult, la ligne de Vincennes quitte Paris, après avoir donné correspondance à celle de Ceinture.

Réellement, la femme Hermont était une triste créature.

Ancienne habituée des barrières louches, elle avait un jour hérité de cinq mille francs, suprême générosité d'un conducteur de bestiaux qui n'aimait point ses descendants.

Elle avait acquis aussitôt ce fonds, avec un bail de douze ans.

L'hôtel était flanqué d'un rez-de-chaussée aménagé en débit, et comportait une dizaine de chambres peu confortables.

Il était d'ailleurs situé en un lieu si désert que les clients qui s'égaraient par là ne pouvaient se montrer difficiles.

Ils se recrutaient surtout parmi les rôdeurs de la zone militaire, les habitués des anciennes carrières de plâtre, ceux qui aiment améliorer parfois leurs nuits avec un lit moins dur que la terre nue, ceux qu'une rafle inquiète et qui préfèrent la tranquillité aux curiosités de la maréchaussée.

Quant à la patronne, on l'appelait « la Bécasse, » à cause d'un nez immense et de la marche lourde qu'elle avait.

Tatave l'avait connue au temps où maman Ninie n'était pas encore madame Pertane, et il avait conservé avec elle des relations cordiales quoique intermittentes.

Elle ne fut pas autrement surprise en le voyant entrer dans sa boutique, un soir, vers onze heures.

— Tiens, c'est toi, petit, fit-elle. Quelle visite !... Ta mère va bien ?

— Merci. Avez-vous vu le Balafré

— Pas aujourd'hui.

— Ni la Sardine-Sèche?

— Non plus.

— Ni Coquinasse ?

— Pas davantage.

— Ils sont en course ?

— Depuis quinze jours.

— Où?

— Du côté de Nogent et de Joinville. Je crois qu'ils ont quelques connaissances, qui leur ont prêté des villas pour l'hiver. Ils ont raison d'en profiter. Tu avais du travail à leur proposer?

— Du bon travail, dans le quartier; mais, puisqu'ils ne sont pas là, ce sera pour d'autres.

— Attends toujours à samedi. Ils viennent ici passer leur dimanche. Je compte sur eux.

— Soit. Ce n'est pas pressé, pressé.

Ils causèrent, puis lui s'en alla.

Il revint au jour fixé. Le Balafré, la Sardine-Sèche, Coquinasse étaient en effet chez La Bécasse, jouant aux cartes dans la salle enfumée. A eux trois, ils formaient un groupe sympathique de voyous horribles, aux vestons étroits, aux pantalons larges, un groupe classique.

L'hôtelière avait dû les prévenir. Ils avancèrent bien vite une chaise à Tatave.

— Assieds-toi, mon vieux poteau, et dévide.

— Voilà !

Il s'agissait d'un coup merveilleux, sur la caisse de la Ville de Paris.

Aux postes d'octroi, la recette est empochée par les commis du receveur, agents comptables auxquels les commis-ambulants adressent simplement les déclarants. Chaque jour, la voiture de la Banque de France passe recueillir les sommes, qui sont portées à l'actif de l'administration municipale. Il y a toutefois des points où on procède moins prudemment.

A la porte de Reuilly, on la livre aux employés, quatre hommes et un sous-brigadier, qui sont de service à Picpus.

Et Picpus, lui, dirige le tout vers la porte de Charenton, par le canal d'un piéton, tous les dix jours.

— La nuit ? demanda le Balafré.

— Non, mais en ce moment l'obscurité arrive vite.

— L'homme est armé ? insista la Sardine.

— D'un mauvais sabre.

— La sacoche est grosse ? murmura Coquise.

— Sept cents à mille francs.

— Bigre ! clamèrent-ils ensemble.

— En argent sonnant, insista Tatave.

— Compris. Il faut décider le facteur à nous offrir sa commission. C'est facile.

— Pas tant que cela. Quelques précautions indispensables. Je m'en charge.

— Et la part ?

— Rien.

— Hein ?

— Rien de rien. Je vous oblige, simplement, charge de revanche.

La Dégasse s'était rapprochée. Les poings aux hanches, elle écoutait. Sa main s'abattit sur l'épaule de Tatave.

— Petit, déclara-t-elle, tu es d'accord avec nous ?...

Il eut un geste méprisant.

— Tu es une dinde, la vieille, répondit-il seulement, j'ai mon idée. Seulement, elle me regarde. Du reste, vous pouvez vous autor... L'histoire n'est pas pour demain.

Les trois hommes avaient eu un même frisson... de la cabaretière. Ils se rassu...

rèrent. Du moment qu'on avait le temps de réfléchir, c'était une garantie.

Tatave partit. Maintenant, il choisirait son
heure, car il fallait à son plan un complément.
Mélanie Loisot jouerait un rôle, là-dedans.

Lorsqu'il la vit, il se contenta de la ques-
tionner :

— La Lucie va-t-elle retrouver son gabelou?

— Tous les jours. Quand il est en congé, il
vient aux Magasins-Généraux. Elle le rejoint
dans le bois. Je la surveille.

— Bien.

— Et toi, tu es toujours camarade avec le
brigadier ?

— Plus que jamais. A présent, il parie en
province, partout. Je prends ses commandes.
Il gagne quatre fois sur cinq. C'est renversant.

— Vous causez d'Olivier ?

— Pas souvent ; mais, alors, c'est une fa-
meuse rage.

— Tu comptes le mettre en faute ?

Tatave ricana :

— Mieux que ça. Que ma combinaison réus-
sisse, nous en sommes débarrassés pour longtemps. Par exemple, je ne bougerai pas avant
que la *Belle-Emilie* s'en aille. Vous m'intimidez.

Mélanie aurait eu envie de savoir au juste
ce que préparait son fils. Elle se maintint. Il
l'avait tellement rembarrée, la fois où elle
essaya de le sonder, qu'elle n'insista plus.

Puis, mieux valait sans doute qu'elle se contentât d'épier sa nièce.

Elle l'occupait suffisamment, depuis la crise du boulevard Poniatowski.

Lucie avait, en effet, repris ses entrevues avec Léon, rassurée, convaincue, excusant son imprudence par la reconnaissance du service rendu.

Elle s'était montrée assez méchante, en ne le consolant point après l'aventure du port Saint-Paul dont elle seule était la cause. C'eût été cruel de le chagriner, alors qu'il subissait une disgrâce. Enfin son cœur, longtemps comprimé, éclatait.

Soit qu'il la rejoignît, soit qu'elle fît le chemin, leurs rencontres devinrent de délicieux rendez-vous d'amour, pleins de confidences, de serments tendres, de promesses solennelles. La période des vains propos était terminée. Ils n'envisageaient l'avenir que pour se jurer de le faire meilleur que le passé. Elle eût bravé son oncle, et il eût défié la tante.

Cette dernière, du reste, semblait se relâcher de sa tyrannie, probablement parce que Jean Pertane ne permettait plus qu'on nommât Gustave devant lui.

Décembre s'acheva ainsi, et janvier commença.

La saison était douce. On avait subi de rares chutes de neige, fondues rapidement. Il

paraissait désormais impossible que la gelée fût
sérieuse, prît les rivières, bloquât la navigation. La maison Raidal avait besoin de marchandises. Le bélandrier décida qu'on s'ébran-
lerait le surlendemain.

Deux heures plus tard, Mélanie avait prévenu Tatave.

— Enfin ! s'exclama-t-il.

Le soir même, Tatave était chez la Bécasse.

— Avez-vous fait votre enquête ? fit-il aux
associés.

— Parfaitement.

— Vous refusez ?

— Nous acceptons.

— Sans faute ?

— Nous n'avons qu'une parole.

La Bécasse intervint de nouveau.

— J'en suis aussi, moi, réclama-t-elle.

— Si ces messieurs y consentent, je m'en
moque.

— Dame, tu comprends, je les ai nourris,
logés, blanchis depuis les étrennes. C'est mon
argent qu'ils vont gagner. Tu ne voudrais pas
que je l'attende ici.

— Arrangez-vous. A demain, cinq heures.
N'oubliez pas la consigne.

— A demain !

Tatave était rassuré.

A quatre, ses complices seraient moins com-
promettants, ayant moins de risques à courir,

Et l'hôtelière tenait trop à son établissement pour l'aventurer en gagnant les quelques louis qu'il jetterait à ses débiteurs.

Elle veillerait.

XIV

SOUS LA NEIGE

Au bout de la rue de Reuilly, coupée de Paris par le remblai énorme du chemin de fer de Ceinture, la petite porte était un lieu tranquille, écarté, silencieux. Elle s'ouvrait en plein bois de Vincennes, sur une avenue oubliée, que les familiers connaissaient à peine. Aucune circulation ne s'y établissait, sauf les dimanches d'été ou pour les vélocipédistes. Aussi l'administration n'y était-elle représentée que par un sous-brigadier et un employé.

La recette minuscule était versée à Picpus, bureau de la Porte-Dorée, comme l'avait expliqué Tatave chez la Bécasse.

Il n'avait menti que pour le chiffre de la somme que Picpus envoyait à Charenton.

Elle ne dépassait guère deux cents francs, faite des versements de quelques voyageurs du tramway, le camionnage étant interdit par

là, Saint-Mandé s'approvisionnant ailleurs.
Mais il fallait mettre l'eau à la bouche des
trois rôdeurs, pour qu'ils se mêlassent de l'affaire. De là l'exagération.

Le sous-brigadier de Picpus n'avait pas grosse
responsabilité.

Celui de Reuilly tenait en se jouant sa comp-
tabilité.

Ce dernier était un brave homme de cinquante ans, bedonnant, pas pressé d'arriver,
enchanté de son sort On l'avait envoyé sur
ce point pour ne pas lui demander autre part
des services qu'il n'aurait pas pu rendre. Olivier faisait excellent ménage avec lui.

— Vous serez de vigie cette après-midi.

— Bien, père Colardy.

— Moi, je dors.

— Ne vous gênez pas.

Il se fourrait sur le lit de camp, jusqu'à ce
que l'idée lui vînt de griller sa onzième ou
douzième pipe, dans un Jacob qu'il culottait
avec attendrissement et succès.

On ne lui connaissait que ce vice, qu'il satis-
faisait dès que son subordonné guettait avec
soin, l'avisant de l'invasion d'un contrôleur ou
du passage d'un brigadier-espion.

Léon pouvait ainsi songer à l'aise, attendre
l'arrivée de Lucie, bavarder délicieusement
avec elle, s'égarer même sous les taillis d'alen-
tour.

Colardy le remplaçait alors, par échange de bons procédés.

— J'ai été amoureux aussi, moi, avouait-il.

— De votre femme ?

— Non, d'une couturière qui m'a lâché pour un sergot. Ça a été dur. Je me suis marié de dépit.

— Et vous avez eu cinq enfants ?

— Six, mon garçon, six !... La dernière tette encore. C'est coûteux à élever. Je comprends que vous vous amusiez avant.

— Oh ! Je ne pense qu'au bon motif !

— Cela vous regarde.

Et il souriait.

Ce jour-là, il parut moins gai.

— Nous allons avoir de la neige, annonça-t-il.

Il ne se trompait point. Le ciel s'était couvert durant la nuit. Des flocons blancs tombèrent le matin, vers neuf heures, d'abord lentement, comme à regret, puis, plus vite, de partout. Le temps s'était refroidi, si bien que le sol durci conservait sa vêture immaculée.

— Votre bonne amie ne viendra pas.

— C'est à craindre.

Le sous-brigadier rentra dans le poste, où le poêle ronflait, rougissait, craquait.

Léon resta dehors, le dos collé au mur d'enceinte, enveloppé de sa pèlerine et regardant avec mélancolie cette chute désolée, ces houpettes de coton qui tourbillonnaient dans le vent glacial, au milieu du paysage.

— Elle aurait tort de se déranger, pensa-t-il, mais je serais bien heureux, si elle venait.

Il contemplait tour à tour le boulevard, tout blanc, et le bois, où des squelettes d'arbres frissonnaient lamentablement.

Maintenant, Lucie était à lui, bien à lui, pour toujours. Ah! ce gredin de Gerfaut, il avait cru lui jouer un horrible tour ; il avait assuré au contraire son bonheur. Décidément, les braves gens finissent quelquefois par avoir raison.

Certes, le père Pertane, Mélanie surtout, ne capituleraient point facilement, seulement leur nièce allait être majeure. Elle le lui avait dit. Alors, s'il fallait user des grands moyens, on s'en servirait.

Ils y étaient résolus.

Ils ne reculeraient point.

Deux ou trois voyages encore en Bourgogne, et on trancherait la chose.

A midi, il déjeuna avec le sous-chef, d'un repas apporté, qu'ils réchauffèrent sur le poêle. Ils le couronnèrent même d'un café avec cognac. De temps en temps, on jetait un coup d'œil sur la chaussée. Elle demeurait silencieuse. Qui se fût risqué de ce côté, par une pareille journée ?

— C'est aujourd'hui que passe la caisse, remarqua Colardy.

— Le camarade n'aura pas envie de s'amuser, conclut Léon.

Vers quatre heures, il devint rêveur. Lucie
tardait, Lucie ne s'aventurerait pas. Il rôda de
long en large, sous la neige, battant la semelle,
tuant l'attente.

Tout à coup, il crut reconnaître, sur le boulevard, un homme encapuchonné, filant vite.
Le passant tourna dans la rue de Reuilly, le
dos courbé. Il disparut derrière les piles du
pont du chemin de fer. Le gabelou se retourna.
Cette fois, son cœur sursauta.

Par le bois, une femme s'approchait, dans un
manteau, sous un parapluie.

C'était elle !...

— Lucie, vous, par cette averse!...

— Ne vous ai-je pas promis ? D'ailleurs, nous
partons demain. Je voulais vous voir auparavant.

— Oh! que vous êtes gentille. Où nous abri-
ter ? Je ne puis vous faire entrer dans le poste.

— Marchons un peu, si vous voulez. J'attra-
perais trop chaud, puis trop froid, en m'arrê-
tant. Vous n'osez pas ?

— Comment donc !... Je préviens le sous-
brigadier.

Colardy fit simplement.

— Vous grelottez, mes enfants.

Que non ! Ils avaient en eux une flamme qui
eût défié tous les frimas. Ils franchirent la bar-

rière et se promenèrent sous les premiers
arbres du bois.

Lui, le bras noué à sa taille, la soutenait.

Elle, la main autour du manche du parapluie, l'abritait.

Et tendrement, ils causaient.

— Encore une traversée !

— Dame, on ne peut pas hiverner toujours.

— Vous serez longtemps absente ?

— Un mois au moins.

— Ah ! quand donc serez-vous ma femme, ne
naviguerez-vous plus, vous garderai-je ?

— Patience. C'est une affaire grave. Je ne
puis pourtant quitter ainsi mon oncle, sans
essayer d'avoir son consentement.

— Certes, ça s'arrangerait mieux. Pourtant,
j'ai peur qu'il refuse encore.

— On ne sait pas. Il change beaucoup, depuis
la Toussaint. Je les entends se disputer, avec
cette Mélanie. L'autre soir, elle a voulu vous
attaquer ; il a répondu que mes amours ne regardaient que lui. J'ai été bien contente.

— Vraiment ?

Alors ils devisèrent, elle douce, lui ravi, enlacés plus strictement.

Dans les fourrés, la bise geignait toujours, et
toujours la neige tombait. Pas une empreinte
ne se mêlait aux leurs, sur le tapis qu'ils fou-
laient. Pas un bruit humain ne troublait leur
solitude. La nuit arrivait.

Soudain, Lucie, frémissante, lui serra le poignet :

— Vous avez entendu ?

— Quoi ?

— Un cri d'angoisse ?

— Où ça ?

Elle montra Paris. Ils écoutèrent, immobiles, glacés malgré eux d'une vague terreur. Les fortifications étaient à cinq cents mètres, silencieuses.

— Rapprochons-nous, proposa-t-elle.

Ils s'avancèrent, désunis, vivement.

Un appel, un « Au secours ! » bien net, les arrêta de nouveau.

— Mais c'est à la porte ! dit Léon.

— Courons !

Ils se précipitèrent dans les ténèbres épaissies, à travers les flocons qui leur fouettaient le visage. Ils atteignirent le poste. Colardy n'y était plus. Ils s'élancèrent vers le boulevard. Une syllabe leur échappa.

— Là !...

Des ombres, au loin, s'enfuyaient et, sur le talus des remparts, deux corps étaient étendus, à une faible distance l'un de l'autre.

— Colardy ! s'écria Olivier.

— Un gabélou ! clama la jeune fille.

Le sous-brigadier, les yeux hors de la tête, ligotté, bâillonné, le fixait, avec un visage épouvanté.

Il le délivra.

— Ah ! les coquins, les assassins, les misérables ! hurla-t-il aussitôt. Ils ont tué le porteur de la sacoche. J'ai voulu lui venir à l'aide, ils m'ont étranglé. C'est épouvantable !

La seconde victime était en effet l'employé qui portait la recette, de Picpus à Charenton. On l'avait assailli. Il devait être mort, dévalisé.

Il n'était qu'étourdi par un coup de poing américain. Le sous-brigadier, Léon et Lucie l'emportèrent dans le poste, auprès du poêle. Après un instant, il reprit ses sens.

— Allez vous-en, mademoiselle, dit Colardy. Votre place n'est plus ici. M. Olivier et moi, nous nous chargeons de notre collègue.

Elle voulut insister. Léon se joignit à son chef. Il la supplia. Elle obéit.

— Dire que c'est ma faute, gémit-elle.

— Raison de plus. Partez !... La police peut venir. Nous expliquerons mieux ça sans vous.

Elle s'en alla, tremblante, sans embrasser Léon, lui serrant la main, des larmes dans les paupières.

— A mon retour !

— Au revoir !... A bientôt !...

Et l'employé volé, stupide, les examinait, tâtant machinalement sa hanche, d'où la sacoche était disparue, avec l'argent.

— Mon Dieu ! mon Dieu ! murmurait-il.

— Va, déclara le sous-brigadier, tu n'es ni tué, ni blessé, c'est le principal. L'argent se retrouvera. J'ai vu nos voleurs avec une femme que je connais bien. Prends ce petit verre et calme-toi. Je ferai mon rapport tout à l'heure.

Le malheureux se rassit, abasourdi.

— Alors, questionna Léon, il y avait une femme avec ces individus?

— Certainement. Elle m'est tombée dessus. C'est la Bécasse.

Le jeune homme, à ce sobriquet, eut un soupir de soulagement, car il craignait un autre nom, un nom murmuré tout bas, lorsqu'il songeait à l'étrange passant entrevu quelques instants avant, et qui s'était esquivé par la rue de Reuilly.

XV

LE CENT-CINQ

Quand Olivier quitta le bureau de l'inspecteur, il croisa un brigadier.

— Gerfaut, ici! s'écria-t-il.

— Alors tout son sang se glaça.

La présence de son pire ennemi à la porte du supérieur qui venait de le secouer dure-

ment, ne présageait rien de bon. Celui-là non
plus ne penserait point que c'était seul, par
pur hasard, pour se dérouiller les jambes,
qu'il avait abandonné son poste, à un moment
où on n'eût pas mis un chien dehors. Quelle
raison avait-on d'ailleurs de le déranger de son
service, pour une affaire qui concernait une
autre brigade.

Lorsque lui-même avait été convoqué, il
s'était attendu à une méchante histoire.

Sur ses supplications, Colardy n'avait point
parlé de Lucie, dont on l'aurait d'ailleurs blâmé
lui-même d'autoriser les fréquentations.

Mais, en cachant ceci, il rendait bien étrange
son absence, plus étrange même peut-être qu'il
n'y songea d'abord.

Ce fut le cheval qu'enfourcha son chef hié-
rarchique, en cette entrevue d'enquête administrative.

Léon répondit de son mieux, c'est-à-dire
très mal. Sa langue cherchait les phrases. Un
moins malveillant que cet inspecteur n'eût pu
accueillir l'inexplicable version. Comment
celui-ci y aurait-il cru?

Maintenant que Gerfaut allait bavarder,
sûrement apparaîtraient les impossibilités de
cette promenade d'agrément en plein air, dans
la tombée de la neige et du jour.

Le jeune homme éprouva une seule espérance.

— La *Belle-Emilie* est partie à présent, se dit-il.

Il erra de rue en rue, pataugeant en pleine boue, jusqu'à minuit, où il réintégra son logis, ayant évité de dîner chez Milard, car Catherine l'y aurait gêné.

Les journaux du soir publiaient le récit de l'attentat. Ils annonçaient l'arrestation de trois souteneurs, repris de justice, empoignés dans un hôtel borgne du quartier de Bel-Air, avec la propriétaire dudit. Mais ils ajoutaient que le Parquet était sur le point de saisir, avec ces drôles, simples comparses, des gens moins louches, occupant certaines situations, et dont la complicité s'affirmait.

Léon ne dormit point. Les yeux aigus, les lèvres sèches, il compta les heures dans le silence. Vers la sixième, un bruit de pas retentit sur le palier. Il eut un tremblement.

On frappa.

— Qui va là? demanda-t-il.

— Ouvrez!... Au nom de la loi!...

Ses jarrets fléchirent. Il tomba sur une chaise.

— Ouvrez!... répéta-t-on.

Il obéit lentement.

Aussitôt, cinq hommes firent irruption. Le commissaire de police les commandait. Parmi eux, il reconnut celui qui, lors de sa noyade, était venu l'interroger au lit.

— Ah ! c'est vous, observa-t-il.

L'autre ne répliqua rien. Deux visiteurs prirent les bras du gabelou, tandis qu'un troisième sortait de sa poche un objet brillant, qui tinta. Le jeune homme supplia :

— Les menottes !... A quoi bon ? Je ne demande pas mieux que de vous suivre. Partons.

— Pas avant un instant, fit le commissaire.

Vivement, il perquisitionna. Les meubles, le lit, furent fouillés sans résultat. On ouvrit la malle. Sous les vêtements, l'homme de police venait de découvrir un paquet de lettres, soigneusement enveloppé. Il arrachait le ruban.

— Qu'est ceci ?

Léon se tut.

Le commissaire jeta un coup d'œil.

— Parfait, dit-il.

Il s'empara des papiers.

Là, se trouvaient toutes les missives envoyées de Tenón, avec les enveloppes dans lesquelles on les lui avait retournées. Là aussi le billet si court, si dur, qui lui avait fait si mal. Le nom de Lucie était à chaque ligne, comme une fleur épinglée, dans ce dossier d'amour, conservé avec soin.

— On verra cela, conclut le fonctionnaire. En route !

Alors, sans rien ranger, laissant le désordre partout, le cortège quitta la chambre, que Léon enveloppa d'un dernier regard, voulant em-

porter l'image de ces objets familiers, héritage
de maman, legs d'honneur et de misère loyale-
ment subie, qu'il ne reverrait pas de sitôt, très
probablement.

Puis, en bas, ce fut un autre supplice. Des
gens, émus de cette incursion matinale, entouraient la porte de la maison. Sur celle de sa
loge, la concierge se tenait, atterrée, en compagnie de Catherine.

— Monsieur Léon, monsieur Léon, sanglotait cette dernière, en le fixant à travers ses
larmes.

Il lui sourit, attendri.

Le commissaire eut un clin d'œil. Il ordonna
à l'inspecteur d'agir. Celui-ci, demeurant derrière, ne quitta plus la servante.

Au bord du trottoir, deux fiacres stationnaient. Dans l'un le commissaire entra. On
poussa Léon dans l'autre, encadré des agents.
Les chevaux partirent.

Où le conduisait-on ? On filait par les boulevards, l'avenue de la République, la rue Tur-
bigo. Solidement gardé, le jeune homme demeurait immobile, sans voir même les passants, travailleurs matinaux, croisés chaque
jour. On traversa la Seine. Sous une voûte,
près d'un quai, les voitures roulèrent.

C'était le Dépôt.

Léon reconnut la cour morne, les vastes
bâtiments, la porte massive. Il la franchit,

déclina son état civil et fut dirigé par des gardiens vers des cellules superposées comme des cages, bordées de balcons de fer.

Il s'appelait maintenant le 105.

Il n'était plus qu'un numéro matricule, comme au régiment, comme à l'hôpital, mais un numéro infâme.

Il s'affala, la cervelle perdue, sur un escabeau, devant le lit plié, devant la table-planchette, seul.

Ç'avait été un étourdissement. A présent, il rassemblait ses idées, il les ralliait de leur déroute, il essayait de comprendre. Une clarté grise lui montrait le local étroit. Dans la terreur qui ne l'avait pas quitté, il avait bien prévu l'hypothèse d'une arrestation, mais confusément.

Les détails lui en échappaient, sa surprise était mêlée d'étourdissement. Toutefois, on allait le conduire devant quelqu'un, et il saurait ce qu'on lui reprochait, et il s'expliquerait.

La matinée s'écoula. Personne ne parut. Vers midi, un remue-ménage vint le distraire. C'était l'heure des instructions.

Le long des cellules, le gardien circulait, ses clefs à la main. De temps en temps, une voix hurlait, la voix de l'aboyeur, jetant un chiffre. Une porte s'ouvrait. La silhouette d'un individu obscurcissait une seconde les vitraux dépolis de la porte. On envoyait un détenu.

Le jeune homme, d'abord ahuri, prit un certain plaisir à cette monotone manœuvre. Tout oreilles, il attendait le 105, s'énervant. Le 105 ne fut pas réclamé. Le silence retomba.

— Eh quoi! le laissait-on là, l'oubliait-on, n'existait-il pas pour les juges?

Rien ne démoralise un malheureux comme cette pensée. On fait moisir ainsi ceux qu'on veut rendre loquaces. Quand ils trouvent quelqu'un devant eux, ils ont un tel besoin de causer qu'ils se dénonceraient par plaisir.

Vers quatre heures, un individu entra. Il soupçonna immédiatement le mouchard. Il ne se trompait point.

— Eh bien! fit l'autre, vous n'êtes point trop au large ici?

— Je ne me plains pas.

— La nourriture est bonne?

— Je n'ai pas encore mangé.

— Dame, ça ne vaut plus la maison Milard.

— Je vous le déclarerai demain. Seulement, voudriez-vous me dire de quoi on m'accuse?

— Farceur, vous le savez mieux que moi.

— Je vous le jure.

— Hein! on ne trouve pas les appointements suffisants à l'octroi, on veut prendre un acompte sur la caisse. Je crois que vous feriez bien d'avouer. Chaque fois qu'un gabelou passe en cour d'assises, on l'acquitte. Votre directeur est si entêté et si bête!..

Léon écoutait. Quoi, il était inculpé de vol, on le soupçonnait d'avoir joué un autre rôle que celui de la négligence, dans l'attaque du boulevard Poniatowski. Il se révolta.

Le policier ne bronchait pas. Il écoutait, impassible. Lorsqu'il eut constaté que Léon ne démordait pas de son conte, il le quitta.

— Vous savez, dit-il, ça vous regarde. Du reste, vous finirez par comprendre. Vos complices sont coffrés, et ils jasent, eux. Ce sont des habitués. Il n'y a que les novices qui finassent encore.

— Vous appelez mes complices les malfaiteurs qu'on a arrêtés hier ?

— Ceux-là... et d'autres.

Le jeune homme eut un éblouissement.

— Quels autres ?

Le mouchard le fixait bien dans le yeux. Il dit :

— Les Pertane, parbleu !...

— Mais c'est abominable !... Les Pertane ne sont même pas à Paris. La *Belle-Emilie* est partie depuis plusieurs jours.

— Ah ! Vous le saviez donc, s'exclama triomphalement l'homme.

Léon se mordit les lèvres.

— Eh bien, vous vous trompez, mon camarade, la *Belle-Emilie*, et la belle Lucie par-dessus le marché, ne sont pas parties. On a rattrapé la tribu à l'écluse de Gravelle. Jean

Pertane est votre voisin. Maintenant, vous vous
entendrez tous ensemble chez le juge d'instruction. Bonne nuit, jeune homme.

La porte se referma.

L'employé resta comme pétrifié dans la cellule, dans son tombeau, et il fallut que la voix
rude d'un gardien lui criât de se coucher, pour
qu'il s'effondrât sur le lit, au milieu de la demi-
obscurité où veillait la flamme du bec de gaz,
baissée au bleu.

XVI

MA TANTE !

On avait en effet rejoint la *Belle-Émilie*, à
une lieue de Charenton, d'où elle était partie un
peu en retard, à cause de la neige. Aucun loueur
n'aurait voulu prêter ses chevaux, pour hâler.
Il fallut attendre un remorqueur, le seul qui
fonctionnât sur le canal de Saint-Maurice. Un
télégramme eut tôt fait d'aviser le commissaire
de Nogent.

Le magistrat qui conduisait l'instruction
appartenait au parquet de Paris depuis six mois
à peine. Il comptait sur ceci pour attirer sur lui
une attention que des services quelconques

n'avaient pas encore fixée. S'il obtenait des aveux quelle aubaine !

Malheureusement, il eut beau conserver au Dépôt ses clients, voire faire espionner les femmes à Saint-Lazare, tous paraissaient se donner le mot d'ordre pour ne rien faciliter.

Lorsqu'il parlait des Pertane à la bande de la Bécasse, le Balafré ricanait, la Sardine-Sèche haussait les épaules, Coquinasse prenait un air stupide.

Lorsque c'était le trio dont on menaçait Jean Pertane, il se contentait de jurer qu'il était un honnête homme et qu'il ne connaissait point tous ces gens-là.

Lucie et Léon confessaient uniquement leur amour, disant pareillement que, si Colardy était demeuré isolé à la porte de Reuilly, leur envie de s'embrasser en était la cause.

Mélanie, enfin, n'y comprenait rien.

Trois semaines durant, on les épia, les interrogea, les retourna inutilement.

M. Jullemont, le juge, n'en obtint pas davantage.

Parfois il disait au gabelou :

— Vos complices ont reconnu qu'ils voulaient dévaliser le porteur. Ils vous ont désigné comme leur ayant appris son passage. Soyez franc !... C'est vrai.

— C'est absurde, répondait-il.

— Vous persistez ?

— Comment ne le ferais-je pas ?... Mon sous-brigadier a cité une femme, nommée la Bécasse, comme coupable. Vous l'avez prise. Questionnez-la donc !...

— C'est elle qui vous accuse.

— Elle est raide. Mettez-nous en présence devant vous. On verra.

Alors M. Jullemont, affermissant un lorgnon sur son nez d'aigle, l'unique organe qu'il eût de commun avec cet oiseau clairvoyant, murmurait doucement :

— Plus tard ! Plus tard !

Il avait là-dessus son idée aussi, une idée machiavélique, qu'il réservait pour le bon moment, car il avait fouillé le passé de l'hôtelière, lui.

Il ne s'était point pressé, d'ailleurs, sûr de son coup de théâtre.

En attendant, il relevait les condamnations prononcées contre le Balafré, la Sardine-Sèche, Coquinasse, horribles coquins qui ne possédaient qu'un mérite, celui de la franchise.

Une fois en présence de la justice, ils s'étaient mis à bavarder, après un semblant de résistance.

— D'où teniez-vous les deux cents francs qu'on a trouvés en votre possession ?

— D'un héritage.

— Héritage de qui ?

— D'un camarade.

— Son nom ?

— Il a un pseudonyme.

— Son adresse ?

— Il est aux Colonies.

Ils se moquaient du magistrat, avant de se fier à son tact.

Finalement, ils constatèrent que cet argent provenait de la sacoche, celle-ci ayant été découverte dans un cabinet de l'hôtel, parmi des chiffons.

— Oui, firent-ils, nous l'avons prise à l'employé, mais ç'a été sans lui faire de mal, non plus qu'au sous-brigadier. Nous sommes des voleurs, pas des assassins. Faut pas confondre.

— C'est le commis Olivier qui vous avait conseillé l'expédition, hein ?

— Olivier, qui est-ce ?...

Ils ne se doutaient guère de l'erreur, heureux, pourvu qu'on ne s'occupât point de Tatave, dont ils comptaient apprendre un beau matin l'arrestation.

Le juge d'instruction laissa, quinze jours encore, moisir ses personnages.

Enfin, un soir, il envoya des ordres.

Le lendemain aurait lieu la grande, la décisive confrontation, celle qui confondrait le principal accusé et relierait en un instant les fils épars de cette comédie abominable, destinée à dépister la magistrature française et à reculer l'avenir de son sagace représentant.

Quand la Bécasse fut extraite de Saint-Lazare, l'agent qui l'accompagnait lui annonça :

— Vous allez vous trouver en pays de connaissance.

— Tant mieux ! fit-elle simplement.

C'était du reste, de tous les inculpés, celle
qu'on avait le moins tracassée. Comme elle
niait obstinément, même en présence de Colardy, avoir quitté sa maison le jour de l'attentat, on n'insista point, sûr de son affaire. Dans
la voiture cellulaire, aux cahots atroces, elle
demeurait farouche, elle ignorait qu'une jeune
fille innocente occupait le compartiment voisin et qu'une ancienne camarade de prostitu-
tion, aujourd'hui casée, tremblait à la pensée
de rencontrer là-bas le véritable coupable.

M. Jullemont, dans son cabinet, remuait des
paperasses. Le greffier taillait un crayon. On
annonça les visiteurs.

— Qu'ils entrent !...

Les trois rôdeurs parurent.

— Leur hôtelière, à présent.

La Bécasse vint.

En la voyant, les gaillards eurent un clin
d'œil, rapide, plutôt goguenard. Après tout, elle
les intéressait médiocrement. C'était une créan-
cière, et ils lui en voulaient d'avoir, par son
âpreté, causé leur malheur.

— Vous reconnaissez madame ?

— C'est la Bécasse.

— Vous reconnaissez ces individus ?

— Ce sont mes locataires.

— Bien. Amenez les mariniers !..

Un garde ouvrit la porte à Jean Pertane, puis à Mélanie, puis à Lucie.

— Et ceux-là, vous les reconnaissez aussi ?

Le batelier roulait son chapeau dans ses doigts, Mélanie baissait la tête, Lucie regardait à travers des larmes ces étranges compagnons de captivité.

— Non, répondit le trio.

Le juge eut un mouvement de dépit.

— Et vous ? dit-il à Pertane.

— Moi, je ne sais pas seulement ce dont on m'accuse.

Le juge fit un geste.

Léon entra.

Il était blême, le visage creusé, les yeux mornes ; il marchait d'un pas ferme, cependant.

— Vous ! s'écria Lucie.

— Oh !

Il s'élança vers elle. Le garde la ramena en arrière. On lui demanda :

— Vous persistez à prétendre que vous ne savez rien sur l'attaque dont votre collègue a été l'objet, de la part de ces gens.

— Mais je ne les ai seulement pas vus, je suis arrivé après le crime... avec mademoiselle.

Il prononça péniblement les deux mots, gêné par la présence de Pertane.

Lucie insista :

— Parfaitement, nous étions ensemble dans le bois de Vincennes, quand nous avons entendu appeler au secours.

M. Jullemont prit un papier.

— Vous n'avez jamais eu de rapports avec madame ?

Il désignait l'hôtelière.

— Non, articula nettement Olivier.

Cette fois, le magistrat s'emporta.

— Par exemple, vous avez un fier aplomb, pour un fonctionnaire assermenté. Prétendre que vous n'avez rien de commun avec cette femme !... C'est votre tante.

— Ma tante !...

— Oui, la fille Hermont, dite la Bécasse, née à Montmagny, et veuve de Joseph Olivier, de Gonesse. Il était bien votre oncle, je suppose.

— Mon oncle ! ma tante !...

La tête du jeune homme s'égarait. Ses regards erraient du juge à la Bécasse, ahuris, affolés. Quant aux spectateurs, ils étaient non moins effarés, devant cet incident que nul ne pouvait prévoir. Les rôdeurs surtout semblaient désorientés.

— Ma tante, reprit Léon, je pensais qu'elle était morte.

Satisfait enfin, M. Jullemont contempla son triomphe.

Il laissa s'écouler un instant, puis :

— Maintenant, insista-t-il, continuerez-vous
à nier que vous avez renseigné la veuve Olivier sur le passage de l'agent du poste de Picpus?

Léon voulut se défendre. Sa langue s'em-
barrassa. Un monde de souvenirs le para-
lysait.

C'était donc elle cette créature dont maman ne
parlait qu'avec mépris, qui avait abandonné le
frère de son père, qui était tombée dans les bas-
fonds de Paris, et qui à présent ressuscitait pour
perdre son neveu comme elle avait tué son
mari !... Il n'osait plus la fixer. Une sueur froide
le rendait chancelant, honteux de cette parenté
découverte devant Lucie, incapable de trouver
une excuse.

A cet instant, la Bécasse se leva.

— Monsieur, dit-elle, monsieur est le fils
d'Olivier, mon beau-frère, c'est possible. Seulement, il n'est pour rien dans cette affaire. Je
le jure !

— Vraiment?

— Et si vous voulez m'entendre en particulier, je vous dirai la vérité.

— Je connais cela. Parlez ici !...

Elle fit un effort, enveloppa les assistants d'un
sourire, examina une nouvelle fois le gabelou,
et, d'une voix ferme, claire, dit :

— Le coup a été fait par le Balafré, la Sardine-Sèche, Coquinasse et moi. Seulement, un

sieur Tatave, Gustave Loisot, l'a préparé. Tous les autres n'en savent pas un mot. Arrêtez Tatave. Voilà.

M. Jullemont comprit. Il ne remarqua pas dans sa surprise que les Pertane avaient frissonné. Il ne vit que la Bécasse, résolue, sincère, décidée à ne point entraîner dans son gouffre, par un dernier sentiment d'honnêté, le brave garçon dont elle avait déjà déshonoré le nom.

—Emmenez tous ces gens, et laissez ici cette femme.

Et, tandis qu'on poussait les autres dehors, comme des moutons, il s'enferma avec la Bécasse, dans le cabinet aux tentures sombres.

XVII

PRIS A SON PIÈGE

Olivier ne s'était point trompé : le passant encapuchonné du boulevard était Tatave.

Pareil aux grands capitaines, il voulut suivre en personne l'exécution de son plan.

Il vint donc sur le terrain, cacha son visage, s'assura que Léon était bien de service, et se dissimula derrière le talus du chemin de fer de Reuilly, certain de n'être point dérangé par les promeneurs, sur cette voie déserte, en pleine neige.

Il assista ainsi à l'agression, au ligottage, et au vol.

Mais, quand il eut constaté l'intervention du gabelou, il s'enfuit au triple galop vers la rue Michel-Bizot.

C'est encore une rue peu fréquentée, guère habitée, et qu'il put suivre jusqu'à la porte de Charenton, sans qu'on le remarquât.

Une fois là, il eut tôt fait d'arriver à celle de Bercy, où il clama ses journaux, qu'il avait rangés sous un arbre, le long des murs, de peur d'en être embarrassé.

— Vous avez du chien dans le ventre, de travailler par un temps semblable, lui dit Gerfaut.

— Dame, soupira-t-il, il faut bien gagner son pain.

L'alibi était créé. Il pouvait regagner le Centre. Si jamais on le soupçonnait, le brigadier répondrait de son absence, car ils restaient dans les meilleurs termes, l'un et l'autre, médisant ensemble de leurs ennemis communs.

Quant à redouter une dénonciation des habitants de l'hôtel Montempoivre, il eût répondu de leur discrétion mieux que de la sienne.

C'est même à cause de cela, autant que pour des raisons topographiques, qu'il les avait choisis.

Son but était d'ailleurs très simple. Il s'agissait de profiter de l'absence de Léon, afin de faire commettre une attaque sur le courrier de recette. L'enquête administrative aboutirait certainement à la constatation de la négligence. On révoquerait son rival, mal noté, décrié sûrement par son ancien supérieur, deux fois déplacé. Lorsqu'il serait sur le pavé, sans travail, il se chargeait de lui en proposer un, qui l'en débarrassât.

La *Belle-Émilie* serait absente pendant le temps nécessaire.

Au retour, Lucie aurait le choix entre une fuite, qui la déshériterait définitivement, ou une soumission au destin.

D'une façon comme de l'autre, il prendrait la dot, à laquelle il tenait plus qu'à la nièce.

Malheureusement, La Bécasse fut empoignée, puis Olivier, puis les Pertane.

Ceci, à quoi il ne comprenait goutte, le rendit soucieux. Il se sentit menacé. La « filature », dont il devint le sujet, lui apparut, malgré les précautions adoptées par l'agent, lequel se confondait dans son ombre. Du coup, il ne rit plus.

Durant toute l'instruction, il se garda soigneusement d'un faux pas, trahissant à peine son trouble par l'énervement qu'il apportait au métier.

Jamais il n'avait si consciencieusement besogné.

Enfin, il se rassura. Les journaux — il était joliment placé pour les lire ! — ne publiaient plus rien sur cette cause secondaire. Son mouchard se bornait à constater s'il ne fuyait pas le domicile de la rue des Nonnains d'Hyères. Ça s'arrangerait, très certainement, sans lui.

Il y a de ces veines, pour les malins !...

Un soir, comme il rentrait au logis, une main brutale s'abattit sur son épaule.

— Halte !...

— Hein ?...

Il comprit. Un inspecteur de la sûreté le tenait. Trois agents l'entouraient. Il était pigé !

— Suivez-nous !

Les agents s'approchèrent.

— Pas encore ! cria-t-il.

Il s'y connaissait. D'un croc-en-jambe, il renversa l'inspecteur. D'un coup de poing, il culbuta un sergent de ville. D'un bond, il échappa aux deux autres. Et il prit sa course.

Dans ce quartier tortueux, plein de ruelles, demeuré comme au moyen-âge, il pouvait s'évanouir. La nuit était sombre. Une pluie fine tombait. Ses jambes se découplèrent.

— Arrêtez-le ! clamaient les policiers.

Mais personne n'y parvenait. Un jeune homme, qui l'agrippa, fut renversé. Des galopins s'élancèrent, favorisant plutôt une évasion. Il détala, furieusement.

Tatave reprit confiance.

Il arriva ainsi dans la rue de l'Hôtel de Ville, puis sur la place Lobau.

Ses chasseurs étaient distancés.

Soudain, devant lui, surgirent deux gardes municipaux qui causaient. Il s'abattit dans leurs bras.

— Excuse, fit-il.

— Pardon, pas si vite! observa l'un d'eux, le saisissant au collet.

Les soldats soupçonnaient quelque chose. Ils exigeaient des explications. Tatave se vit perdu.

— Je n'ai rien fait. Lâchez-moi !

Il se débattait. La poigne était maintenant du côté de ses adversaires. Le garde s'obstina.

A ce moment, les poursuivants apparurent, clamant toujours à l'aide, les agents en tête.

— Je comprends, conclut le municipal, vous filiez. Nous allons nous expliquer.

Il n'en eut pas le temps. Rapide, désespéré, Gustave Loisot avait ouvert son couteau. Il le plongea dans le dos de son adversaire. L'homme chancela.

L'assassin s'échappa encore.

Il était trop tard.

De l'Hôtel de Ville, des employés, des gardiens de la paix, des curieux étaient sortis. On le cerna. Il était cerné.

Il tenta pourtant un suprême effort, se précipitant vers le quai, le front baissé.

Le tramway de Montreuil en débouchait au même instant.

Tatave buta dans l'attelage.

Ce fut sous les pieds des chevaux qu'on le ramassa, piétiné, couvert de sang, réduit à l'impuissance.

— Le gueux ! le gredin ! la canaille ! hurlait la foule, qui venait de relever le garde, grièvement blessé.

— A mort !

Il fallut que les agents le protégeassent contre l'indignation du public.

— C'est un cambrioleur !... affirmaient ceux-ci.

— C'est un anarchiste !... juraient ceux-là.

Il fut porté au poste de l'Opéra-Comique, devant lequel un millier de badauds s'amassèrent.

Il n'en sortit que pour entrer à l'infirmerie du Dépôt.

Désormais, M. Jullemont savait à qui s'adresser, et il pouvait planter solidement son dossier.

Car la Bécasse, mise sur la voie des aveux, était allée jusqu'au bout, sans détours, et il n'y avait qu'à la suivre, pour arriver au réquisitoire.

Il l'emmena au chevet de Tatave.

L'entrevue fut décisive.

Poussé dans ses retranchements, le fils de Mélanie sauva toutefois maman Ninie, en la couvrant, en affirmant qu'elle ignorait tout, en prenant la responsabilité. A quoi aurait servi de la compromettre? Le coup de couteau de la place Lobau lui évitait de chicaner sur celui du boulevard Poniatowski. Mieux valait en finir vite. Il chargea même la Bécasse et ses trois acolytes, pour se venger de l'indiscrétion.

Le juge n'avait plus qu'à relâcher les Pertane et Olivier.

Il prononça, dès son retour au Palais de Justice, le non-lieu des premiers.

Il fit patienter près d'une semaine encore le second, désolé d'abandonner une proie si belle, mécontent d'en être réduit à inculper des malfaiteurs vulgaires.

Pendant ce temps, le commis-ambulant se dévorait dans sa cellule, sous les verrous, cherchant toujours à s'expliquer l'étrange résurrection de cette tante oubliée, et se sentant venir une pitié pour celle qui l'avait innocenté d'une façon inespérée.

Enfin, une après-midi, un guichetier lui annonça la délivrance. A travers les couloirs il le conduisit au greffe; on y exécuta lentement les formalités de levée d'écrou. Quelques objets, qu'on lui avait confisqués, lui furent remis. On le poussa dehors. Il était libre.

Il se trouvait sur le boulevard Diderot, devant

Mazas, au milieu de la vie de Paris, étourdi par
les bruits de la rue, les appels des tramways,
le tourbillon des fiacres autour de la gare de
Lyon, pareil au naufragé qui se réveille à terre,
après une interminable nuit passée dans l'ou-
ragan. Il n'osait plus se diriger.

Une petite main prit la sienne, et une voix
bien douce l'appela :

— Léon !

— Lucie !

La jeune fille lui souriait. Ils s'embrassèrent
follement.

— Vous !

— Dame, dit-elle, il y a longtemps que je
vous attends. Depuis ce matin, je suis là. Cela
vous contrarie ?

— Oh ! ma chère Lucie !...

— On nous avait raconté hier que vous
seriez relâché vers huit heures. Nous sommes
venus.

A ce « nous » le jeune homme eut un éton-
nement.

— Vous n'êtes donc pas seule ?

Elle lui serra de nouveau la main plus fort.

— Non, répondit-elle. Mon oncle a voulu
m'accompagner. Il est là chez un marchand de
vins, rue de Châlons.

— Votre oncle !...

— Certainement. Sa femme s'est sauvée, en
apprenant que son garçon était sous clé. Alors,

lui, il ne veut plus quitter sa nièce, naturellement.

Mélanie enfuie, Pertane l'accueillant, Lucie,
toute à lui, c'en était trop !... Olivier chancela.
Elle le retint.

— Vous n'allez pas vous trouver mal, murmura-t-elle. Allons, venez !... Mon oncle paie
à dîner.

Et elle l'entraîna, à travers les voitures, à
travers la foule, comme un enfant.

FIN DE LA DEUXIÈME PARTIE

ÉPILOGUE

Deux mois après, à la fin d'une journée prin-
tanière, une journée de mars qui hâtait le réveil des marronniers, l'audience s'achevait,
sous les lueurs du gaz, en Cour d'assises.

Depuis midi, une quantité de curieux étaient
entassés là-dedans, non pas que la cause éveil-
lât outre mesure l'intérêt du public, mais parce
qu'il se trouve toujours cinq cents flâneurs
pour suivre un procès, comme il y a deux mille
personnes faisant la queue à la porte d'un
théâtre, à une matinée gratuite, le quatorze
juillet. Le jury délibérait. On jasait, devant le
banc du tribunal, redevenu désert.

Les avocats et les journalistes s'étaient obsti-
nés, parce qu'il y avait eu des détails d'interrogatoire curieux.

Soudain, un huissier annonça :

16

— Messieurs, la Cour !....

Le brouhaha s'éteignit. Un silence plana.
Les réponses furent données par le chef du
jury.

Elles étaient assez compliquées, car le ques-
tionnaire l'exigeait.

Quand on les eut connues, le verdict fut pro-
noncé.

Gustave Loisot, dit Tatave, reconnu coupable
de meurtre sur la personne du garde municipal
et de complicité dans la double tentative sur
celles du sous-brigadier d'octroi Colardy et de
l'employé, était condamné à 25 ans de prison.

Le Balafré, la Sardine-Sèche, Coquinasse,
avaient chacun dix années de la même peine.

La veuve Olivier récoltait, favorisée par les
circonstances atténuantes, cinq ans.

Tous les accusés étaient condamnés solidaire-
ment aux dépens, ce qui ruinait à jamais la locataire de l'hôtel Montempoivre.

Ceci dit, la séance fut levée.

Lorsqu'on emmena les cinq complices, Léon
ne put s'empêcher de jeter un coup d'œil sur
Tatave, et aussi sur sa triste tante.

Celle-ci supportait bravement le sort, mais
celui-là semblait une loque humaine qu'on
traînait au bagne.

Les jambes molles, la tête branlante, les
épaules hautes, les bras aveugles, il gagnait en
chancelant cette porte qui, refermée sur lui, le

séparait pour la moitié de sa vie du reste du monde.

— Il n'est pas brillant, mon cousin, remarqua Lucie.

— Moi, il m'émeut presque, avoua le jeune homme.

— Allons donc. C'est un monstre. Il ne sera pas encore assez puni. J'aurais voulu qu'on le guillotinât. Pour le mal qu'il nous a fait, ça valait bien ça.

Il l'examina.

Elle redevenait, dans cette heure tragique, la créature volontaire, énergique, maîtresse, qu'il avait connue à Péronne, aux premiers temps de leur liaison. Une flamme luisait dans ses regards durs. Sous son front, la volonté s'obstinait. Non, elle ne pardonnerait pas, jamais !

Ils sortirent.

Dehors, sur la place, momentanément peuplée par la sortie des assistants, plusieurs personnes les rejoignirent.

C'était d'abord Colardy qui tenait à serrer la main du camarade. Puis Tribert s'approcha, également heureux. Ensuite ce fut la victime de Tatave, le garde à peine rétabli de l'attentat.

On avait surtout remarqué deux dépositions, celle de Gerfaut, celle de Catherine.

Le premier, enragé dans sa rancune, avait tenu à décharger Gustave Loisot, qu'il jugeait

un honnête camelot, bien consciencieux, et
à médire de Léon, un inférieur grincheux.

— Le gueux ! s'écriait Colardy, ce n'est pas
sa faute, si vous vous en êtes tiré. Le pis est
qu'on l'écoutera encore à l'administration, et
qu'il finira sans doute par vous y perdre.

— Bah ! fit Léon, je suis en congé. Nous
verrons toujours après.

La servante, au contraire, désolée des sottises
que sa passion jalouse lui avait inspirées, était
tombée durement sur Tatave, racontant ses
manœuvres, leurs rapports, l'intrigue.

— La brave fille ! déclara Tribert.

— Comment, répliqua Lucie d'un air pincé,
c'était bien le moins qu'elle se mêlât de défendre sa conduite.

Jean Pertane écoutait sans desserrer les
lèvres, car toute sa haine s'accumulait à présent sur Mélanie, sur la coquine dont le passé
avait été établi là, par le ministère public, sur
la fille de boue qui portait son nom, sur la
femme dont l'influence avait failli faire de lui
un forçat.

Ah ! s'il la retrouvait, celle-là, elle payerait
pour son Tatave et pour elle-même.

On se sépara.

— Nous dînons ensemble, mon oncle ? proposa Lucie.

Comme tu voudras.

Léon objecta ;

— Vous préfériez sans doute rentrer chez vous ?

— Allons donc !... La *Belle-Emilie* est bien amarrée, bien tranquille, au quai de la Tournelle. C'est nous qui, cette fois, vous accompagnerons. A Charonne !...

Il réquisitionna un fiacre, et il les conduisit en un restaurant du boulevard Voltaire, un restaurant cher, car il tenait à fêter la fin de leurs peines.

Il y avait un an que, dans la clarté d'une matinée de soleil, il avait hélé la bélandre, sous le Pont National. Que d'évènements en ces douze mois !... Tribert lui avait bien promis que la jolie brunette le conduirait loin, seulement, c'était lui, Olivier, qui avait fini par avoir raison. Le bon génie des amoureux ne l'abandonna point, au milieu de ces terribles traverses. Il l'avait mené au bonheur, par la main.

Dans quelques semaines, Lucie le suivrait à la mairie.

L'oncle Pertane, convaincu enfin qu'un commis d'octroi n'est pas un parti si mauvais, consentait.

Comme ils seraient unis là-bas, dans leur petit intérieur, et comme le miroir de maman Olivier reflèterait gaiement le délicieux visage de cette bru de vingt ans !

Si la pauvre veuve eût vécu, aurait-elle mieux souhaité pour son fils ?

Un travail sûr, honorable, et une ménagère diligente, n'est-ce pas le paradis ?...

Il développait à table ses beaux projets d'avenir. Lucie, remise, se bornait à lui sourire des yeux, tendrement. Jean Pertane après avoir tonné contre Mélanie Loisot, s'égayait dans le bien-être des plats et la chaleur des vins. Pourtant, par-ci par-là, une ombre passait sur sa physionomie.

— Qu'avez-vous, mon oncle ? demandait Léon. C'est toujours l'autre qui vous tracasse ?

— L'autre, oui, et puis autre chose aussi.

— Quoi ?

Il haussait les épaules.

— Inutile d'en parler, ce qui existe, existe bien.

Au dessert, on eut des primeurs. Le café fut servi dans des tasses à filet d'or. Une excellente fine champagne l'accompagna. Des cigares furent offerts.

— J'aime mieux ma bouffarde, proclama le batelier.

— A votre gré.

Quand Léon eut réglé, on sortit.

— Si nous finissions notre soirée au concert !

— Merci, dit Lucie. Il fait un temps superbe. Nous vous reconduirons. Ça nous promènera.

Ils montèrent vers la rue des Vignolles, bras dessus, bras dessous, légers.

La nuit était douce, les étoiles brillaient,

une lune pleine bleuissait l'horizon et découpait la silhouette des maisons. Depuis longtemps, Léon rêvait d'une heure pareille. Il en jouissait complètement, rendant d'une pression à Lucie les confidences qu'elle lui faisait de même.

Lorsqu'ils arrivèrent passage Sivart, la concierge lui tendit deux plis.

— C'est pour vous.

Les Pertane le guettaient.

Il ouvrit les enveloppes.

L'une contenait la confession de Catherine.

En deux pages, d'une écriture irrégulière, la servante lui demandait d'oublier le mal qu'elle lui avait causé par trop d'amour. Elle était partie pour son pays, sitôt de retour du Palais de Justice. Elle y connaissait un brave garçon, qui la courtisait autrefois, et qui voudrait probablement d'elle, car elle avait des économies. Qu'il épousât donc sa bonne amie, et qu'il ne craignît rien !

Lucie, pâle, attendait.

Il lui tendit la lettre.

Elle la parcourut, et la déchira en morceaux.

La seconde venait de la Préfecture de la Seine.

— Mon ordre de service, dit-il.

Il la lut.

Il devint livide.

— Mon Dieu, s'écria-t-il, je suis révoqué.

— Révoqué !

Parfaitement. La déposition de Gerfaut rend impossible mon maintien à l'octroi. C'est trop fort, il y a trois heures à peine qu'il l'a faite. L'affaire était réglée d'avance. Je protesterai, j'irai au Conseil municipal, je verrai bien qui aura raison.

Jean Pertane s'illumina.

— Pourquoi vous entêter? conseilla-t-il. Les chefs sont toujours les plus forts. Vous y tenez donc bien, à votre coupe-chou?

— Mais c'est mon pain, celui de Lucie, notre existence.

La jeune fille fit un signe.

L'oncle lui prit la main.

— Vous ne voudriez pas, par hasard, insinua-t-il, travailler avec moi?

— Comment cela?

— Je vieillis, et la *Belle-Emilie* commence à me donner du tintouin. Un compagnon solide m'aiderait à en tirer encore de bons écus. Puisque vous vous convenez, Lucie et vous, ça s'arrangerait vite.

Léon sentit un éblouissement lui passer L'octroi, Gerfaut, Tribert, la bélandre, tournoyèrent dans sa cervelle, en un instant. Il vit sa future anxieuse. Une résolution s'imposait.

— Monsieur Pertane, décida-t-il, j'accepte.

— Embrassez-vous alors, mes enfants, ordonna l'oncle.

Et, couvrant d'un œil radouci les jeunes gens enlacés, le batelier définitivement triompha :

— Je l'avais bien dit, fillette, que tu n'épouserais jamais qu'un marinier !...

FIN

TABLE DES MATIÈRES

ÉMILE COLIN. — Imprimerie de Lagny.

AVIS DE L'ÉDITEUR

Le but de la collection des *Auteurs célèbres*, à **60** *centimes* le volume, est de mettre entre toutes les mains de bonnes éditions des meilleurs écrivains modernes et contemporains.

Sous un format commode et pouvant en même temps tenir une belle place dans toute bibliothèque, il paraît chaque quinzaine un volume.

CHAQUE OUVRAGE EST COMPLET EN UN VOLUME

En jolie reliure spéciale à la collection, **1 fr.** le vol

ENVOI FRANCO CONTRE MANDAT OU TIMBRE

57961. — Imprimerie Lahure, rue de Fleurus, 9, à Paris.